森林

SHINRIN
TSUSHIN

通信

鷗外とベルリンに行く

ITO HIROMI

伊藤比呂美

春陽堂書店

森 林 通 信

鷗外とベルリンに行く

目次

Looking for 鷗外

森鷗外が今生きていたら、SNSで時事について熱心に発信していたのではあるまいか。文学者であるとともに政府高官だから、ときには政治的に偏ったことも発言し、あるいは高官としてお上に物申す的なことも発言し、瞬く間に炎上し、それでも黙っておらずに、いちいちリプする。熾烈な論争に縺れ込む。

私は、そんな鷗外像を想像していなかったので、その可能性に気がついたときには驚いた。気がついたのは『鷗外の怪談』という芝居を見た後、2021年の年の暮れだった。

私は2018年にカリフォルニアから日本に戻ってきた。カリフォルニアには20数年間住んだ。日本に戻ってきた理由は、東京の某大学に3年契約で雇われたからだ。それで2年間、熊本から東京に教えに通った。2020年、コロナ禍が来た。最後の1年間は、Zoomで教えた。

熊本の私の家から熊本城が見える。熊本地震で壊れて立て直された天守閣はハリボテの模造品にすぎず（その前から模造品ではあったのだが）、夜になるといかにも模造品らしくライトアップされる。日によって色が変わる。2022年の3月には、青と黄色が浮かびあがった。色には意味があったと、そのとき知った。

古くからの石垣はほんものだが、崩れて、石のひとつひとつにナンバーが貼られて置かれてある。石垣は少しずつ修復され、置かれた石は少しずつ減っていく。

お城からまっすぐに下っていったところに、江戸の昔、藩主の屋敷があった。その屋敷から南へ数百メートル行けば、阿部一族の屋敷があった。今は放送局の敷地になり、一角に「阿部一族屋敷跡」という案内板が立っている。路地を入ったところに小さな本屋があり、私はそこで本を買う。そのあたりに行くたびに

私は、どんなふうに聞こえたのだろうと、同じことを考えた。阿部家討ち入りの音や声。お城の真下の花畑（地名）屋敷にいた藩主光尚に届いた音だ。

2022年は、鷗外生誕160周年、そして没後100周年の、ダブル鷗外イヤーだったのである。

鷗外ラブ！の私としては、これまでのうっぷんをはらすためにも（2016年は夏目漱石没後100年、2017年は夏目漱石生誕150年と続いて、漱石関係はお祭り状態だった）、大いにさわぎたい。しかしあいにく熊本の人々は、阿部一族の縁があるのに、漱石で心がいっぱい（漱石旧居が市内に2か所現存する。1か所は私の家から歩いて行ける距離だったが、2016年の熊本地震にやられてそのまま閉じている）。その上折からのコロナ禍が、累々3年目に入り、何もする気になれないのだった。

それで私はドイツに行こうと考えた。といえば、なんだか余裕たっぷり、優雅にさえ聞こえるが、違います。すべて、優柔不断な私の、決断が面倒臭くなって先延ばしにするという悪癖によることだった。

ベルリン自由大学のプログラムで、研究者や作家を招聘する制度がある。それに申請してみないかと、私はベルリンの友人に誘われた。2019年のいつかだったと思う。

ヨーロッパでは、こうして作家が招聘されてよそに行き、そこに住んで書くという風習があるようだ。聞くたびに、いいな、気楽だろうなと思いつつ、同時に、家族はどうするんだろうと考えた。私の場合、後はどうすんだイと気色ばみたくなるような事情が背後にあり、つねにあり、面倒を見なければならない子どもや死にか

けの夫、丹精こめた植物や犬たち。親が遠くで、しろみしろみと私の名を呼びながら喘いでいたときもある（かれらは江戸っ子で「比呂美」の発音ができてなかった。できないのによくこんな名前をつけるよという話だが）。招聘されてよそに住む余裕なんてまったくなく、家族のいるこの地点、あの地点を行ったり来たりするだけで精いっぱいだった。

コロナ禍が来て、私はすべての移動を止め、ただ熊本で暮らすようになった。そのときにはすでに、死ぬべき家族は死に絶え、離れるべき家族も離れ果て、独りになっていたから、独りでしかも移動をせずに暮らすというのは、まったく初めての経験だった。それで私はとんでもないことをしでかした。熊本の友人から衝動的に猫をもらい受けた。1匹ならまだしも2匹だった。それからベルリンの友人の勧誘に屈して、招聘プログラムに申請した。その上さらに衝動的に、行かなくてもいい保健所に行って引き取らなくてもいい仔犬を引き取ってきたのである。
野犬の仔犬だった。暗い表情をして、人になつかず、私が少しでも動くとおびえて走り回ったが、人になつかないだけで、犬や猫にはすぐなついた。
すでに1匹、カリフォルニアから連れてきた犬がいて、コロナ前の2年間、預け先を探しながらやりくりしていたのであるが、今やそれが2匹である。
新入りの野犬は先住犬を慕い、敬い、しがみついて後追いをするので、2匹を引き離すことができなくなった。それで困った。私はほんとうに困った。

審査が通ったという連絡が来たとき、犬も猫もいるし野犬も増え

ちゃったのでやっぱり辞退を、とベルリンの友人にいったら、た
ちまち論破された。
「わんちゃんも猫ちゃんも大切でしょうけど、この名誉ですらある
恵まれたチャンスを、作家にとってときに自分の環境を離れるこ
とがどれだけ良いか、違う場で新しい刺激を受け、さまざまなこ
とを考え、書くものにも反映する、ましてやこのすばらしいプログ
ラムで他の作家たちに囲まれて」
私は誰からもたやすく論破される。このときもやすやすと論破され
た。正論だった。コロナ禍で、人は人に会えず、どこへも動け
ず、ベルリンの友人と私は、却ってひんぱんにSkypeでしゃ
べっていたのである。

それから何か月も経った。依然として解決策がみつからなかっ
た。キャンセルすべきではないかと私は何度も考え、ベルリンの
友人にいいかけて、そのたびに論破された。

私には東京にも親しい友人がいる。遠く離れて住み、血縁はな
く、婚姻関係も結んでいないが、何十年もつきあってきたから、
人生のofficialなパートナーのように思っていたし、人に紹介もし
ていた。パートナー同伴の場に招待されるたびに、私は彼女を
伴って行ったのだった。その彼女が重病になった。すでに数か
月かそれ以上の時間をかけて、彼女の身体は病気に侵されて
いたわけだが、その頃診断がつき、彼女も私も、まさかそんなと
思うばかりの深刻な病名がついた。そして今、私が日本にいな
い間に何かあったらという思いが増殖して、メタファではない、
むくむくと増殖してにっちもさっちもいかなくなった。こんな状態な
らいっそキャンセルした方がいいのではないかと、またベルリン

の友人に問いかけてみた。ベルリンの友人には、何年も前に、この東京の友人を紹介してある。しかしまた論破された。

「日本にいたって仕方がないでしょう」

まったくその通りで、ほんとうに仕方がないのだった。熊本にいて東京の方角を見ておろおろするんだったら、ベルリンにいても、東京の方角を見ておろおろできる。却って離れることで、気持ちは落ち着く。

やがて事務所から手続きの書類が送られて来るようになった。書類は英語で来る。「Dear Hiromi Ito，要件、All the best,何某」と来る。四角四面の文面である。英語で、四角四面だから、さっぱり心に残らない。私は英語をしゃべるし、読みもするが、読んだものが心に残らないのである。だからこんなに何度もやりとりしているのに、いったい何という機関の、何という、どのようなプログラムからの招聘なのかもよくわからない。ベルリンの友人に訊けば早いが、もう何度も訊いてそのたびに忘れたので（ベルリンの友人もメールを英語で書いてくるからだ）、申し訳なくてもう訊けない。

鷗外先生なら、こんな英文はちょちょいのちょいで片づけるだろう。そばにおられたら、英文を億劫がる私を叱りつつ、こまめに教えてくれるかもしれない、私になりかわって「Dear 何某」と、しれっと返信してくれるかもしれないなどと、夢みたいなことを私は考えた。

犬猫に関しては、全員を家に残し、愛犬教室の先生や近所の人たちに、日に数回ずつ来てもらうという体制でなんとかしなければならぬということに決まっていった。人が誰もいなくなった人

の家で、人の留守を犬と猫が守るという構図があまりにも突飛だが、他の選択肢はなかった。考えてみれば類話はある。「ブレーメンの音楽隊」や「ドリトル先生アフリカゆき」はそもそもこういう話ではなかったか。実は、守るというより、荒らす、壊すに近くなるんじゃないかと、内心私は、怖れてもいたのだった。

「Dear Hiromi, 研究のタイトルと計画の概要を出せ、Best wishes, 何某」と英語のメールが来た。文面は硬いが、「Dear Hiromi Ito」から「Dear Hiromi」に昇格、ないしは親密さを加えて降格していたから、こっちも「Dear 名前」で返すようになっていた。
このときばかりは即答した。
「Looking for Ogai」

「森鷗外（1862-1922）は日本の近代文学の父ともいわれる大作家です。1884年から1888年まで陸軍軍医としてベルリン、ライプツィヒ、ミュンヘンに留学した。日本は、19世紀末の開国後、外国文化をさかんに吸収しようとしていた。鷗外はドイツ滞在中、医学的な研究、西洋文化の吸収と観察、そして分析、多岐にわたる西洋文学の翻訳、恋愛等いろいろな経験をつみ、のちのちの文学活動に役立てた。私は2017年に鷗外の諸作品と自分の現在をかさねあわせる小説『切腹考』を出版した。今回は鷗外の翻訳作品、中でもドイツ人作家Hans Landの「Erling」の翻訳「冬の王」をとおして、鷗外が自分をどう形成していったかについて考えつつ、それをテーマに自分の作品を書く」
どうだ。ちゃんとした計画書に見える。3年間の大学勤めはむだ

じゃなかった。それらしく見えるが嘘八百のシラバスを何回書いたことか。

『鷗外の怪談』は2014年に初演だった。気になってはいたが、見る機会がなく、当時は本にもなっていなかった。近々再演があるのでパンフレットのための対談をしてもらいたいと戯曲家サイドから依頼され、やりますっっっ、私は即答した。そして対談の準備を始めた。

ところが私は、学生の頃から、ありとあらゆる準備や予習が苦手でたまらない。いつもこうだ。つまり目の前にあることに向き合わない。向き合わねばならぬときほど逃げたくなる。逃げて、向き合わなくていいことに必死で向き合う。——受験生のときからそうだったし、詩人としても、妻とか親とか介護する娘とかをやっていたときもそうだった。今回もそうだ。情けない。2014年の映像を見て、鷗外の小説「食堂」「沈黙の塔」も読んだのに、気がついたのは、実際に芝居を見た後だった。

それは再演の初日の公演だった。そして私は舞台の上に見たのである。私の知っている鷗外によく似ているが、私の知らなかった鷗外が、ひとりの俳優の肉体を得て立ち現れ、懊悩したり妻と手をつないだりするのを、なまなましく見たのである。

俳優たちが挨拶に出たとき、私は思わず立ち上がって称賛した。ところが日本の文化ではstanding ovationというものをしないのか、この芝居がそれをするようなジャンルではなかったのか、立って拍手しているのは私ひとりだった。きまりが悪かった。

鷗外役の俳優は、新聞に時事のコラムを連載している。彼が日

本の政治について考え、政治家の似顔絵つきのコラムを書く。その似顔絵も鋭くて巧い。それと同じように鷗外が、日本の政治について考え、たとえば、大逆事件についての小説を書く。それが「食堂」や「沈黙の塔」だったというのが、舞台を見ていたら、わかってきた。

舞台の上の話は、大逆事件や山縣有朋との関係をめぐって進んでいった。大逆事件も山縣有朋も、私にはノーマークだった。実は「食堂」や「沈黙の塔」もノーマーク、ちらりと読んで、つまらないと思って放り出してあったのだ。しかしこうして舞台を見た後で改めて読むと、つまらなくはない。むしろtweetしたりretweetしたりするような感じで、ヒョイヒョイと書いた小説だと思うと、鋭くて巧い。

小説――ほんとにこれが小説かと疑うようなスタイルだった。鷗外先生が小説と思っていたのは間違いない。でもそこには設定しかない。会話しかない。Protagonistは、どこの誰ともわからない。描き出す情景と、情景に込めた感情しかない。そんなのが小説だろうか。でも、詩ではなく戯曲でもないフィクションといったら、やっぱり小説じゃないのか。

ただし、ヒョイヒョイと書きはしたが、書かなかったこともあるというのが『鷗外の怪談』の主張である。書かなかったことのひとつが、浦上四番崩れだったのではないか。

浦上四番崩れとは、1867年から1870年にかけて長崎の浦上であった（4度目の）キリシタンの摘発／弾圧事件で、そのとき摘発されて津和野へ配流された人たちへの拷問を、子どもだった鷗外が見聞きし、トラウマになり、それでそのことを一切書いて

いないのではないかというのだ。

子どもだった鷗外なんていうのは、頼朝公ご幼少の頃のしゃれこうべと同じようなナンセンスに聞こえる。だから森林太郎。
1862年、森林太郎が津和野で生まれた。
1872年、森林太郎10歳、父といっしょに上京した。そしてその後一度も津和野に帰っていない。
ほら、やっぱり何かあったんじゃないのと勘ぐることはできるけれども、彼はドイツ留学から帰って、その後一度もドイツに行っていないわけだから、そういう行動パターンの人だとも思える。

舞台の上で、鷗外役の俳優は、記憶にこびりついた声や音を聞くまいとして、耳を塞いで身体を縮めた。
浦上四番崩れについて、私は、ノーマークどころじゃない、まったく知らなかった。ところが自分の本棚をふと見ると『日本キリシタン殉教史』という大きな本があり、熊本の古本屋のシールが貼ってあった。だいぶ昔に買った。買いっぱなしで置きっぱなしだった。それをこのたび初めて開いた。開いてみたら、そこに書いてあった。凄まじい話だった。後に文豪になる、幼い子どもの受けた心の傷のことは書いてなかった。

1865年に（外国人向けに作られた）浦上の教会で、ひとりの潜伏キリシタンによって「われらのむね、あなたのむねと同じ」という告白がなされた。聞いた人はフランス人のプティジャン神父だった。
1868年（正式にはまだ続いていた）禁教令にのっとって、キリシタンたちが捕縛され、3394人が20藩に分かれて配流され

た。そのうち153人が津和野に配流。水漬け、口責め、寒晒し。
「津和野では、後に記すように仙右衛門、甚三郎らを説得に
よって改宗させることができず、もっともひどい拷問を加える結果
となった」(『日本キリシタン殉教史』より)

1872年に56人が浦上に帰った。1873年には67人が帰った。
未改心のままだったが、そのときは禁教令が解かれてあった。
配流地で9人生まれて、39人死んだ。

天草は海に面している。島々の中心部は山で覆われている。照
る葉の木々も、陰湿な日陰の植物もいっぱいに生えているが、ど
こにいても海はすぐ傍にある。

熊本市を抜けて、宇土、網田、三角、そして本渡。橋々を渡り
切るあたりまでは有明海である。それから東シナ海になり、外海
らしい大きい荒い波が立つのである。

本渡の町を過ぎたら、海沿いを走らずに山に入る。トンネルを
いくつもつっ切って、行くが行くと、大江の教会に出る。海に降り
ていって崎津の教会。羊角湾をぐるりとまわったあたりに天草コ
レジヨ館。ここは天草市立のミュージアムで、竹製のパイプオル
ガン(複製)とグーテンベルクの印刷機(複製)が展示してあ
る。私は何度もそこに行った。カリフォルニアに住んでいた頃、
熊本に帰るたびに車を借りて、天草へ、小さな旅をくり返した。
私よりも遠いところから来る人々を連れて行った。初めて展示を
見る人たちが時間をかけてまわるのを放ったらかして、私は竹
製のパイプオルガンと印刷機で印刷されたローマ字の日本語の
前に立って、目を凝らした。耳を澄ませた。

10年以上前のことだ。私はまだカリフォルニアにいた。日本との
行き来をひんぱんにしていた。日本に来たらかならず東京に

行った。それから熊本に行った。天草にも行った。「エソポのハ
ブラス」を現代語訳してみた。それからファビアンという男に興
味を持ち、さまざまな本の中に彼をさがした。『日本キリシタン
殉教史』を買ったのもその頃のことだ。買ってカリフォルニアに
持っていき、2018年に、カリフォルニアから持って帰ってきた。
何かがまだ続くと思っていたのだった。

クラスター

大学との3年契約は終わったが、詩のクラスはZoomで続けている。学生や元学生が詩を持って集まってくる。

私は、「熊本に来て犬猫と植物の世話をしない？　ほんの少しだけどバイト代も出すよ」と学生たちにいい散らしていた。「冗談だけど」といってはいたけど、実はせっぱ詰まっていたのだった。

修士論文を書いている最中の大学院生にも、「冗談だけど」といいながら話しかけた。「就職試験、あれも落ちました、これも落ちました」と彼がいっていたときだ。数週間後にLINEが来て、「イトーさん、ぼく真剣に熊本に行こうかと考えてるんですが」と彼はいった。自分で頼んどいてこういうのも何なんだが、なんと突拍子もなく物好きな男かと呆れたのだった。
「就職は都内の某所に内定が取れてるんですけど、秋まで待ってもらったんですよ。石牟礼道子も好きだし、坂口恭平も岡田利規も好きだし、熊本に移住するのもおもしろいかなと思って。なんなら熊本の地元紙の就職試験も受けようと思ってます。ぼく真剣に考えてますよ、イトーさん」と彼はいった。

大学で教えていたとき、TA（Teaching Assistant）はたいていこの院生だった。最初は彼から応募してきたが、それから私が指名した。短期留学の間、抜けただけだ。彼はベルリンに行って半年間ぶらぶらして帰ってきた。詩が書けて、詩が読めて、ドイツ語が読めて、朗読ができて、雑誌が作れて、企画ができて、みんなを巻き込んで実行できる。こんな有能な学生はめったにいないと私は思っていた。でも犬猫に対する能力がまるで未知なのも知っていた。「ぼく、犬や猫と暮らしたいと思っていた

んですよ。いや、飼ったことはありませんよ」

「ドイツ語が読めて詩が書けるんだから鷗外研究したらいいの
に、『沙羅の木』とか『うた日記』とか」と私は何度も誘いかけた
が、彼はなびかず、予定どおり多和田葉子で論文を書き上げ
て修士課程を卒業した。でも私の言葉をただ聞き流していたわ
けでもないのだった。だいぶ前、私が彼に、「鷗外の『冬の
王』の翻訳がいかにすごいか、原作者のハンス・ランドという
作家が今はいかに廃れているか、いつかその原作を見てみた
いのよね、ドイツ語読めないけどね」などと語っていたところ、彼
は探しまわって、灯台もと暗し、文京区の森鷗外記念館にある
のを見つけてきた。

私は考えている。彼に直訳させてみたらどうだろう、まるで
Google翻訳みたいな直訳。彼は、詩の翻訳を通して自分の詩
を書く。「元の言語の語順どおりに直訳していくんですよ」といっ
ていた。4年前に知り合ったとき、つなぎ廊下の階段で見せられ
たのは、そういう詩だった。「ズラミート」という、ただただ不思
議な魅力のある言葉が際立っている、不思議な詩だった。「ズ
ラミート」ってなんだろうと、その後、つなぎ廊下を渡って自分の
研究室に帰るときにもしばらく考えていた。
ところがその後、別の学生がツェランについて発表して、それで
「ズラミート」がツェランだと知った。私はツェランを読んだことが
なかったのだ。こんなものに詩を教えさせるなという話だが。
「元の言語の語順どおりに」とかなんとか、彼はいってたなあと
思い出したが、そのときは、目の前の「ズラミート」に目を奪われ
て、ろくに聞いてなかった。彼はツェランの詩を、ドイツ語の語

順どおりに、ただひたすら逐語訳して、Google 翻訳よりも四角四面な、荒唐無稽な逐語で、どこまでも訳していった。イメージがひっくり返っても、前後がつながらなくても、日本語じゃなくなっても、気にせず逐語していった。それでも残った「ズラミート」だった。

同じことを彼に「Erling」でやってもらい、ぐちゃぐちゃになったやつを私がもらい受け、そこから「ハンス・ランドの鷗外のハンス・ランドの元院生某の比呂美の冬の王」みたいなものを作っていったらどうだろう。

私は、前著というか拙著というか、『切腹考』のときにもそんなことを考えた。事件のほぼ百年後に書かれた「阿部茶事談」という実録物がある。それを元に、現代語訳と解釈で書き換えていったのが鷗外の「阿部一族」。それなら、さらに私の現代語訳と自分なりの解釈と書き換えをやってみたらどうか。名づけて「鷗外の比呂美の阿部一族」——などと考え、準備し、書き始め、数章は予定通りに進んだが、やがて予定から逸れていき、熊本で地震が起き、カリフォルニアで夫が死に、ぜんぜん違うものになった。

とにかく彼が来るという。その計画に、私はほっとしたのだった。少なくとも犬と猫だけで3か月間を暮らすという民話的な状況ではなくなった。ここに至るまでずいぶん時間がかかった。そしてその間、私はなんとなくおちおちしていられないような、何かを待っているような気分だった。大災害を待っている。終末を待っている。絶望を待っている。その後に長く続く苦しみの日々を待っている。そんな感じだった。楽しくクリエイティブであるべき

ベルリンの3か月について考えるのが、苦行ですらあった。

ベルリンの滞在プログラムは、元々6か月の枠だった。それはいくらなんでも無理だから、万が一通ってしまったら、後から交渉して短くしてもらおうと考えていたところ、何かの都合で3か月になった。マジでほっとしたのだが、その後何かの都合で、また6か月に伸ばしても良いといわれた。いや、ここは是非ともこの3か月でと、私は固持した。そんな経緯もある。

真剣に熊本移住を考え始めていた院生、いや元院生は、地元紙の採用試験にエントリーして、オンラインの1次選考をクリアした。そして対面の2次選考が東京であった。首尾を聞いた私に、「受ける前は自信あったんですけど、終わってみたら、そんなもの皆無になりました」と元院生がいった。
「新聞という媒体で、文学は役に立つのか」と聞かれたそうだ。「あなたは東北出身なのにどうして九州に来ようと思ったのか」とも聞かれたそうだ。「これまでぼくは、東北と東京、2点を拠点に生きてきましたから、今度は九州を加えた3点から世界をみつめて生きていきたいと思ってますと答えたんですけどね」と元院生はいった。2次選考には通らなかった。

3月の終わり、「Dear Hiromi, チケットを買うように、All the best, 何某」と英語で指示された。そのときのメールで、やっと私は、招聘してくれる機関が「Cluster」というのだと知った。
クラスター。
辞書をひいてみた。コロナ禍では、それは「感染者の集団」という意味を持ったが、コロナから離れれば、クラスターとは「集

団」の意味だった。

「集団」からは数人の人が私に連絡してくる。それぞれ目的が
違い、所属する部署の名称も違い、メールのアドレスには
「cluster」が入ってなく、かれらの名前はドイツ的だったり非ドイ
ツ的だったりした。

ウクライナ侵攻で、世界がほんとうに不穏だった。私は毎日戦
争のニュースを読んだ。毎日戦争のことを考えた。ヨーロッパ便
が南回りやアンカレッジ経由になるというニュースも流れた。私
がヨーロッパ便のことを考えているから、そんなニュースが目につ
いたのだと思う。

核戦争があったら、私は帰ってこなくてはならない。戦争がドイ
ツに飛び火したら、私はやはり帰ってこなくてはならない。しかし
なにより、東京の友人の容態が急変ということが万が一にもあっ
たら、そのときこそ私は帰ってこなくてはならない。
20代の頃、ワルシャワに住んでいたときに、当時の夫の母の容
態が急変して急遽帰国したことや、ワルシャワ在住の日本人が
日本の友人の訃報を聞いて泣いていたことや、いろんなことが
思い出され、いつでも帰ってこられるようにフレックスのチケット
を買おうと考えて、私は、Dear 何某に持ちかけてみた。すると
何某から、「Dear Hiromi、いちばん安いチケットでなくてはだ
めです、Best wishes、何某」と返信が来た。
差額は自分で払いますからといって、買うつもりだったANAの、
ベイシック、フレックス、プレミアムエコノミー等のオプションの
並んだ画面を送ったら、「Dear Hiromi、日本語なので何もわ
からない、Best、何某」と返信が来た。

飛行機チケットの購入画面など、何語で見ても同じだろうと思っ
たが、彼女にはわからなかった。そこで、コロナ禍とウクライナ
情勢と病気の友人が、と訴えると、「Dear Hiromi, それじゃ今
買うのをやめて5月まで待て、5月にいちばん安いのを買ってく
れ、そのとき値上がりしていても、われわれはちゃんと払うから、
Best, 何某」といわれた。

コロナ禍における政府の水際対策が緩んだ。ノルウェイのオス
ロに住む日本国籍の友人が、2年ぶりに日本に帰ってきて、私の
いる熊本にもやってきた。
私は、今回予定のベルリン滞在中、オスロにも行くつもりでいた
のだが、基本のドイツ行きのチケットがないから、ヨーロッパ内
の移動については手つかずだった。
オスロの友人は何事にもてきぱきしており、しかもこの混乱で日
本便がキャンセルされ、取り直した便はロシアの空を避ける南
回りという苦労を経験して熊本まで来たばかりで、危機管理に
対応する姿勢を整えていた。コロナ禍でしばらく動かぬうちに、
飛行機の乗り方をすっかり忘れてしまった私とは大違いであっ
た。
彼女は私の優柔不断に業を煮やし、「ここで買っちゃおう」と提
案し、熊本の私の家の私のコンピュータでノルウェイの格安航
空会社のHPを開き、安いチケットを購入した。「これなら万が
一ドイツ行きがキャンセルになっても、安いから勿体なくない」と
彼女はいいはなった。

その後、私のメールボックスに、ノルウェイの格安航空会社から、
ノルウェイ語のプロモーションのメールが頻繁に送られてきて、

うっとうしくてたまらない。配信停止しようと試みたが、うまく行かない。手順なんて何語でも同じだろうと思っていたが、Google翻訳を見ながらやってみても、必ずどこかでわからなくなるのだった。私はついにオスロの友人に頼んで、そのとき彼女はすでにオスロに帰っていたのだが、オスロから私のアカウントにログインしてもらって配信停止に成功した。ノルウェイ語だというだけで訳のわからない思いをしているのに、日本語のANAの画面を見せられて、Clusterの何某は、さぞや訳のわからない思いをしたのだろうと私は考えた。

5月になったが、ウクライナ情勢が片付く気配はなく、核戦争はまだ起きていなかった。チケットを検索し直してみたら、目の玉が飛び出るほど高かった。何某に送るとひどく驚いて、「Dear Hiromi、これは片道か往復か、Best wishes、何某」と聞いてきた。「Dear 何某、残念ですが片道です。Best, Hiromi」と返した。ベルリンの友人にも伝えたが、友人は「だって向こうが5月にしろといってたんですから、だいじょうぶ」と平然といった。

私は英語で書くメールの結語が嫌いだった。中学生の頃に「かしこ」などと訳して教わった。そんなもの、形式主義あるいはclicheである、つまらない、つけることはないと思っていたのだが、「どうぞよろしくお願いいたします」と（心で）訳すようになったら、ぼんぼんつけられるようになってきた。
相手がBest wishes, とやれば、こっちもBest wishes, とやる。相手がAll the best, ならこっちもAll the best, とやる。メールをやりとりする間に簡素化して、Best, やBest wishes, になる。本文が短いときは結語も短くする。もう一歩踏み込めば、Yours,

や Love, になるが、この Dear 何某に対しては、それは使うことがない。

東京の友人が入院した。コロナ禍で、誰も面会できなかった。医者から連絡を受けたり窓口に物を届けたりしているのは、友人の亡くなった弟の生きている妻という人で、この人も窓口に行くだけで、病気の友人本人には会うことができなかった。
それで私は「生きてますか」とLINEをした。身のまわりの野の花や空の写真を間断なく送った。そしてまた「生きてますか」とLINEした。

机の奥の方から古い写真が出てきた。ベルリンの友人の夫が80年代の終わりか90年代の初めに撮った写真だ。ある小説家と、ベルリンの友人と、私の3人が、ドイツのどこかの駅で待っているところだった。ベルリンの友人は若い女に見えたし、私は若い女を通り越して中学生みたいだった。小説家は変わらなかったが、それは彼女が2003年に亡くなったからだ。写真を撮った友人の夫も数年前に亡くなった。

2021年8月、『とげ抜き　新巣鴨地蔵縁起』のドイツ語訳が、ベルリンの友人の訳で出た。9月にはコロナ禍になって初めて海外に、ドイツに出かけて販促ツアーをした。ベルリンの友人が同行して、ドイツの人たちに、とげ抜きを伝達してくれた、あの苦を、この苦を、まんべんなく。彼女の翻訳は好評を得た。翻訳の賞にもノミネートされた。賞は取れなかったが、好評だった。あの苦も、この苦も、ありがたかった。

私は旅のしかたを忘れている。チケットの買い方も、空港での手順も、飛行機の乗り方も忘れている。行きたくない。移動したくない。ここに凝っとしていたい。今考えていることをこのままどこまでもこの頭の中に抱えていたい。

私は英語はしゃべれるし、怖じずに何でもやるし、キャラは明るくてにぎやかだから、これまでも、どこへ行って何をしゃべっても、まじめなドイツの人たちが楽しそうに笑いながら聞いてくれた。だから今回も、行ってしまえば、やることはいくらでもある。会う人もいる。オスロにもパリにも行く。私自身楽しむのはわかっている。手みやげの選び方も忘れてしまったから、ベルリンの友人に、日本から何か持ってきてほしいものはないかと聞いた。そしたら「ほたての缶詰」と即答された。それで私は近所のスーパーに行って、棚にあるだけの、いろんな会社のほたての缶詰を買い漁ってきた。

5月末になった。元院生が熊本にやって来た。3次まで残れば、次の日が本社で面接という日に飛行機を取ってあった。3次には残らなかったから、面接用の黒服や黒靴は持ってこなかった。犬猫との暮らし方をいちから覚える。植物の世話もいちから覚える。私はドイツ行きが近づいてめちゃくちゃ忙しい。それなのに不思議なことだ。若い、ほとんど幼い、元院生が、ぼーっと立っているのを見ると、コドモ、タベサセルというスイッチが入り、自動的に台所に立って手が動いてしまうのである。今日は筍ごはんと鶏のローストと熊本産赤茄子の麻婆炒めを作った。

ベルリンの森

6月のベルリンはひとつの大きな森だった。街だとか都市だとか思っていた。大間違いだった。今までこの季節に来たことがなかったからわからなかった。森の中に街を機能させる道があり、バスが走り、人の住む家や店やあった。ときには地下鉄が掘られていた。でも全体は森の中に埋没していた。

私が住みついたのはダーレムのベルリン自由大学のそばである。ダーレムは都心から遠く、植物園があり、森も湖もある。その湖は別の湖につながる。それが何かと有名なヴァンゼー、ヴァンゼー湖である。

私はベルリンの友人の家に下宿している。煉瓦作りの大きな家で、彼女は2階と3階を使う。別の家族が1階と地下を使う。私はその家の3階を与えられている。よいオーディオセットがしつらえてあり、ここで、彼女と夫が音楽を聴いた。部屋の隅にベッドを置いて客を泊めた。そして彼女の夫は最後の日々を、ここで闘病した。西向きの窓には街路樹が覆いかぶさり、東向きのベランダから庭が見える。その庭は、木や繁みの多い、庭というよりは森の片隅のような場所であり、1階を使う家族の領分である。2階と3階を使う彼女はベランダや階段にプランターを隙間なく並べて花を植え、毎日じょうろで水をやる。そこにペチュニアやゼラニウムが咲くのである。

水が足りない足りないと彼女はいいつづけている。「足りないから木の葉っぱがあんなふうに垂れちゃうんですよ。普通はこんなに垂れるものじゃないんですよ。ここではもう9年の間日照りが続いています。雨が降ってもほんの少しだから、表で流れちゃっ

て、しっかり下に、土の中に、根っこにとどかないんですよ」

　私は日本からひきずってきた仕事にかかりきりである。これまで
済ませたのは人生相談ふたつ、身のまわりのエッセイふたつ。
エッセイのひとつにはベルリンに行くということを書いた。それか
ら今度は瀬戸内寂聴さんが晴美さんだった頃のエッセイ集の解
説に取りかかった。しかし私の体はベルリンで、心もベルリンに
いるのである。無理矢理日本に引き戻して寂聴晴美に集中しよう
としても、どうにも身が入らなかった。うんざりするほど時間がか
かった。

　晴美さんがこんなことを書いていた。
「いつから私は私小説を書くようになったのだったか。私は翻訳
　小説の名作から文学にめざめ、小説に憧れた。日本の小説で
　は泉鏡花、森鷗外、永井荷風、谷崎潤一郎という系列の小説
　が好きだった」
　私は鏡花も荷風も潤一郎もろくに読んでいない。だから「という
系列」がよくわからない。読んでいたとしてもわからないかもしれ
ない。鷗外の小説はいつだって自分の経験が元になっている。
鏡花や荷風や潤一郎はそうじゃなかったんじゃないかと思いな
がら、私は、Kindleで200円かそこらで買った鷗外全集、青空
文庫に入ってるやつだと思うが、それを引っ張り出してきて、毎
日歯を磨くように毎日読み散らした。ベルリンにいる目的を忘れ
てはいけないと思ったからだ。焦りもあった。日にちばかりむなし
く経っていった。

　大学の施設は一帯に散らばっている。私の研究室のある建物、

そこがClusterの本部だが、その前の道は学食に通じる道だ。学生はよく通る。人も通る。犬も通る。しかし自販機がない。コンビニもない。週末はだれもいない。路傍には雑草が生えている。石畳はごつごつして不揃いに盛り上がっているのである。

「木の根っこが伸びていて、歩きにくいから気をつけて」と、最初の日にベルリンの友人にいわれた。その問題を私は熊本で、いや私というより熊本全体の問題だったが、抱えていたのだった。熊本市は520本の街路樹を切ることに決めた。大きくなりすぎたから。あるいは根っこが道を盛り上げて危険だから。あるいは視界が邪魔だから。病気だからというのは20数本にすぎない。それで私は彼女に尋ねた。木を切らないんですか？
すると彼女は飛び上がり、目を見開き、両手を広げて、叫んだ。
「木を伐る？　こんな、大切な、町の財産を？」

ベルリンの友人から聞き取った事情は以下の通りだった。
市が数年ごとに舗道や敷石を直す。落ち葉の掃除は基本市が管理する（熊本市では落ち葉の掃除が大変だという苦情が寄せられたときに木を伐り倒すときがある）。そして少しくらい落ちていても人は気にしない。ベルリン市には園芸・植物・環境局（彼女がドイツ語をいうそばからぼろぼろと日本語に直してくれたのを私が適当に寄せ集めた）があって、そこが管理している。ベルリンの市道にある街路樹はみなナンバーをつけられていて、倒れている、弱っている等の変化があれば、「何番の木が」とその園芸植物環境局（仮名）に連絡を入れるそうだ。

私がベルリンに来たときにはシャクナゲが終わりかけていた。

シャクナゲのことなら、私は調べた記憶がある。昔、アメリカの
オレゴン州のポートランド、その周辺の、カスケード山脈の、富
士山みたいな山があっちにもこっちにも見える不思議な風景の中
を走っていたとき、Rhododendron（シャクナゲ）という地名表示
すらあった。そしてシャクナゲが咲いていた。花につけた標識な
のか、街につけた標識なのか。気になって調べて、北アメリカ
原産のシャクナゲがあるのを知った。オレゴンのもベルリンのも、
シャクナゲは多くが紫、フジの花やキリの花より淡い紫である。

ボダイジュの花が咲き始めていた。
来た当日、「ちょっと歩きましょう」と友人に誘われて、歩きながら
「これがボダイジュ、鷗外も見た、ウンター・デン・リンデンのリン
デンですよ」と教えられた。聞いて、認識して、すぐ忘れて、
また目にとめて、彼女に聞いて、また教えられた。やがて私は見
分けられるようになった。
「ほら、花が咲いている」と彼女にいわれて、私は上を見た。
「まだ匂いがしない」と彼女はいったが、次の日になると「ほら、
匂いがしてきた」といった。それで私は上を見た。
何日か経つと匂いがあたりに充満した。そして花は爛熟した。も
ともと黄色い花がさらに黄ばんだ。その数日後には木の下が乾
いた黄色い花殻で埋まった。

赤黒い木がある。丸くて薄い葉で、それが赤黒い。
「これは赤ブナ、血ブナというんですよ」と友人に教えられた。
別のブナもある。葉は緑で、枝垂れている。
「これは泣きブナ、哀しみブナ、悩みブナ」とまた教えられた。

ベルリンに来て数日後、友人と私はベルリンの中心地までバスで出て、人に会った。俳優をやっている男で、文学館の中庭のカフェで落ち合った。彼は中心街に住んでいるから自転車で来た。古い重たい厳めしい文学館の中庭に血ブナの大木があった。庭の真ん中に生えているその木の写真を撮ろうと思ったが、どんな角度から撮っても、目で見ている大きさが再現できなかった。それで幹にぺたりと寄りかかり、そこから上を見て撮ってみた。血ブナの枝は落下傘のようにてっぺんから丸く広がって落ちてゆく。中側の葉は緑であり、外側の葉は赤黒い。緑の上に重ねられ、古血のように赤黒い。

ベルリンの通りにはあちこちに黄色いゴミ箱がある。ゴミ箱にはくすりと笑えるジョークが書いてある。ゴミ箱ごとに違う。——席に戻るとそんなことを2人が話していた。
「新しいシーズンが始まる」と俳優はチラシを見せてくれた。「とても人気のあるドラマのシリーズで、彼が主人公なんですよ」とベルリンの友人が教えてくれた。チラシの真ん中で、目の前の俳優が、収集員の服を着て、私たちに笑いかけているのだった。
ベルリンのゴミ収集員のなり手が少なくなったので、清掃局が、かっこいい、フレンドリーというイメージに変えようと工夫した。宣伝したし、給料も上げた。テレビドラマの主人公にもなった。功を奏して、今では街の人気者になった。たくましい太い腕で、重いゴミ箱を持ち上げ、ゴミ収集車の後ろに立ち乗りして、子どもたちに挨拶するのである。
「元気かい?」「学校楽しめよ」
俳優がそういって、座ったまま、私の向こうに手を振った。その

一瞬彼は大きくたくましくなり、あかあかとかがやいて、走る収集車の上で風を切っているように見えた。子どもたちが彼を見上げて、自分もああなりたいと憧れた。

ベルリンの友人と私は、ベルリンの中心街を、横町から横町へ伝いながら、地下鉄の入り口まで歩いた。森だった。横町も大通りも、地下鉄の入り口もすべて森だった。減りつつある昆虫のために水飲み場のある花壇がつくられていた。

私の研究室に行く道に小さな脇道がある。入りこむとブナのような葉の幼木の繁みがあり、とげだらけの藪がある。花が終わり乾いて種だけになったキク科や、アワ属のようなイネ科や、マメ科の花や、何種類もの識別不可能な植物たちが、識別不可能なくらいざわざわと生えさかっている。とげだらけの黒イチゴも蔓を伸ばして生えさかっている。白いふとった蕾がびっしりとついている。来たばかりのときは花が2つ3つ咲いていた。ピンクの、いかにも愛らしい花らしい花である。今はもっと咲いている。そばをすり抜けると、愛らしい花の咲く蔓が狙いを定めて覆いかぶさってくる。そして手や足をひっかいてさっと戻るのである。だから脇道に入る前は必ずまくりあげた袖をおろして覚悟する。

ベルリンに来た最初の日の夕方、友人と私が、ベランダにテーブルを出して食事していたとき、友人がいった。
「ほら、いいにおいがするでしょう。ホルンダーの花ですよ。あの花からシロップを作るんです。砂糖とレモンを入れて。隣の人は作らないんですね。だからいつまでも咲いている」
私が作り方をくわしく聞きたがったので、彼女は食料庫の奥にご

そごそ入っていって、ひとびんのシロップを探し出してきた。傷もしみもついた長い古いびんだった。彼女はそれを炭酸水で割って、私に飲ませてくれた。

これはまだベルリンに来る前、熊本に元院生がやって来て、数日後の話だ。「菊はどこで売ってますか」というから、何に使うのと聞くと、「食べるんです」といった。私はぎょっとしたが、そういえばそんな風習が山形にあったと思い出した。園芸店に行って苗を買ってきて育てるしかないかもというと、「そうですね」と彼は納得できないようすだった。食料としての菊がないわけないといった風情で。

次の日彼は、小さな菊の花の並んだパックを買ってきた。それはどう見ても刺身のツマ用で、お浸しにする量ではない。さらに次の日、台所にびんがいくつも並んだ。びんの上にはふきんがかぶせてあった。さらに日にちが経って、私が出発する頃になると、びんの中には小虫が繁殖したかのような細片がびっしり浮かんだ。これはなに、とぎょっとして聞くと、「菊の花をブランデーに漬けたんですよ。ショウガとかなんかといっしょに」という。なんのために、どう飲むつもりか、と聞きたかったが、忙しくて聞かずに出てきた。

ホルンダー、調べてみたらニワトコである。それなら、昔、私が高校生や大学生で、手当たり次第の濫読をしていた頃、「にわとこのしげみの陰から」などとしょっちゅう出会っていたような気がする。ドイツ文学だったような気もする。
名前もそうだが、この低木そのものにも見覚えがある。この花を見たような記憶がある。なんだっけなあと見るたびに考えたが、

思い出せない。悶々としているうちにネズミモチという名前が浮かび上がってきた。いや違う。ここにはネズミモチに似た花もある。でもそれはホルンダーじゃない。

ネズミモチは、子どもの頃、東京の裏町のそこここにあり、低くて、いつも緑だった。花が咲いて実が生り、熟して黒くなった。とそこまで考えていたら思い出した。ガマズミだ。熊本の山で春に咲く。山じゅうに咲く。4年前、カリフォルニアから熊本に帰ってから知った花だ。知らない、なんだろうと思って調べて名前を知った。

調べてみたら、ホルンダーもガマズミもレンプクソウ科。レンプクソウについては何も知らない。見たこともない。

ホルンダーのシロップを作ろうと思って、道すじに咲いている花を摘み取ろうと思って、私は鋏を持ち歩いた。でもなんだかんだと用があり、花をつんで帰る余裕のないうちに、花の端がちりちりと茶色になり始めた。花期が終わっていくのだった。

「ホーボー（昔からいっしょに暮らしている犬）はイトーさんを慕いすぎて、しばらく死体のようでした。でも今はチトー（これが野犬、未避妊の雌犬）と性器をなめ合うか、僕に食べ物をねだるか、生体として寝るかで生きてます。僕は三大欲求が寂しさを埋め合わせる様を目の当たりにしてます。チトーはだんだん懐いて、いまも僕の匂いを嗅ぎに来ました」と元院生から報告が来た。

2022年6月から8月、ドイツ全土で9ユーロチケットというものが存在した。9ユーロで1枚のチケットが買える。そのチケットで、1か月間、バス・電車・地下鉄・近郊の普通列車が乗り放題になる。月初めに9ユーロチケットを買う。それだけで、どこにでも

行ける。いつでも何にでも乗れる。人々はそれを使ってとんでも
ないところまで旅行したそうだ。どこもかしこもひどく混雑していると
いうことだった。エネルギー危機が背景にあった。パンデミック。
気候の変動。そしてウクライナの戦争が影響を与えていた。

下宿から大学までは歩いて15分の距離だが、バスに乗れば3
停留所である。天気はつねにいいし、道々には植物がある。私
は写真を撮り、観察し、熊本の山や河原を歩くのと同じように歩
いていたのである。ところが次第に飽きてきた。犬のいないつま
らなさが肥大してきた。それでバスに乗るようになった。9ユーロ
の乗り放題だったから気軽に乗れたし、バス停にもバスの中に
も同行者がいた。私はバス停に行き、バスを待ち、バスに乗っ
た。夜の8時を過ぎるとバスの便は間遠になった。私はバス停
に立ち寄って、バスが来ないのを見極めてから歩いて帰った。
なかなか暗くならないのだった。

同じバスに乗って大学前で降りずに終点まで行くと森がある。
森の中に湖があり、湖は隣の森と湖につながり、それはさらにそ
の向こうのヴァン湖につながっていくのである。その畔には豪華
な文学館がある。ヴァンゼー会議の行われた館もある。いくつも
の湖を囲い込むように森が繁るのである。
昨日の夕方は、ベルリンの友人といっしょにバスに乗り、森に
行って森を歩いた。
小道をずっと歩いていくと、湖の畔に殿様の狩り小屋があった。
狩り小屋といってもほとんどお城で、少し離れたところにある森番
の家は、豪邸だった。小道は湖のまわりをぐるりと周り、犬連れ
の人たちが歩いていた。犬たちはほとんどリードなしだった。い

ろんな犬が行き過ぎた。私は何度も吠えかかられた。ベルリン
の犬たちにとっては、ひどく不審な、嗅ぎ慣れない臭いを発して
いたのだと思う。

犬たちの間に、私はふしぎな犬を見た。柴犬系の野犬であった
うちのチトーにそっくりで、チトーが怯えたときにするように、尻尾
を股の間に入れておどおどしていた。飼い主は犬の野犬性に
気がついていないように、犬のリードをひいてビールを売る店の
前に立った。犬は何かを感じてびくりと跳ね上がり、またしばらく
して、私には見えも聞こえもしない刺激に反応して、びくりと跳ね
上がった。

花子と

私がベルリンに来て10日ばかり経った。

その日、夜の間に雨が降ったようだ。朝になってベルリンの友人が「ぜんぜん足りないよ」といった。「もっともっと降らなけりゃ」

彼女にはときどき彼女の死んだ夫が乗り移るようなときがある。ふだんは端正で知的な日本語を、丁寧でプロフェッショナルな日本語を、外国語としての日本語だということを感じさせずに的確に使うが、ときどき昭和の男の口ぶりになるのである。

家の前の通りの塀際に、茎を伸ばし、蕾をつけているのをいつ咲くかと見守っていた一群があった。ちょうどホタルブクロのような場所に、ホタルブクロのような生え方をする草だった。ずっと乾いていたから、萎れていて、折れた茎もあったのだった。その朝、道が濡れ、空も木々の葉もかがやいた。そして長い茎についた蕾も開いていた。

例の小道では草や蔓がいつもより元気に跳ね上がってきたから、袖や裾に傷がついた。皮膚も破れて血がにじんだし、かばんも靴もびしょびしょになった。道端の雑草が、雑草とばかり思っていたが、園芸植物の逃げ出したやつだったのかもしれない。昨日までは萎れて色も褪せていたのが、今はまっすぐに立ち上がって色を取り戻している。黄色と黒の丸々としたハチたちがそこに集まっている。

半月経った。

その日私は朝5時40分に下宿を出てバスの停留所に行った。友人が心配して停留所までついてきてくれた。5時55分のバスで大きな駅へ向かった。そこで空港行きのバスに乗り換える。

夏の朝だった。

夏の朝の空気に「夏の朝だ」と感じるのがなつかしい。冬や秋や春の朝には感じないのに、夏の朝だけは空気の匂いも嗅ぎ取る、清涼さも感じ取る。日本以外の国々で私はそれを経験した。そして私は森のようなベルリンを出て、夏至直前のオスロに行き、そこからパリに出たわけだが、それまでの経緯はいずれ話す。いや話さないかもしれない。今は先に進む。

その日の気温は37度まで上がった。私はパリ大学で朗読をしたのだが、学生たちも教授たちも銭湯帰りのような軽装で、銭湯帰りのようにうだっていた。教授が扇子を取り出してぱたぱたとあおぎ始めた。私もそうしたかった。何もかもむき出しにしたかった。ところがふだんの仕事用の格好で旅に出たから、空調のある日本の夏の室内に耐えうる服しか持っていなかったのである。

私はパリの人たちに、熊本から来た人間としてこんな暑さは屁でもないと言い張っていた。しかしだんだんへこたれてきた。なにしろ冷房設備がなかった。大学の教室にもなかった。それで窓を開け放して外からの大気を入れようとしたが何の効果もなく、大型の扇風機がいくつか持ってこられたが、それはがらがらとやかましいのだった。外では学生が裸で寝転んでビールを飲んでいた。空は青かった。私は手元の本や資料の束を団扇がわりにばたばたあおいだ。教授の用意してくれた資料の束を使うなんてなんたる無作法とわれながら思ったのですぐにやめたが、またすぐにやらずにいられなかった。

次の日は、朝からパリ在住の友人に会いに出かけた。彼女の

家で朝食をご馳走になり、木や鳥や石畳について話しているうちに昼過ぎになった。気温もぐんぐん上がってきた。1時間ほど用があると彼女がいい、ロダン美術館の前でおろすからしばらく時間を潰していてくれといわれ、ロダンといえば高村光太郎、でもその詩にはあまり興味がないといいかけて、ちょっと待って、あった、あった。興味、めちゃくちゃありました。

鷗外の「花子」である。「花子」は明治43年、1910年、7月1日発行の『三田文学』に発表された。日本の女、花子が、ロダンに、モデルとして雇われるためのインタビューをされる、という話である。
私は美術館に入った。ただ花子だけを見ようと思った。

美術館には1階と2階があった。見物の人は大勢いた。誰もマスクをつけていなかった。人々はゆっくり動き、ときどき立ち止まって写真を撮った。誰ひとりマスクをつけていなかった。私は高速で1階の展示室を歩いて過ぎた。この美術館に花子があるという確証はなかったし、花子と見分けられるかどうかもわからなかった。
「些の脂肪をも貯へてゐない、薄い皮膚の底に、適度の労動によつて好く発育した、緊張力のある筋肉が、額と腮の詰まつた短い顔、あらはに見えてゐる頸、手袋をしない手と腕に躍動してゐる」と鷗外が花子について書いている。それは立ち姿のブロンズ像じゃないかと考えた。
1階には見つからなかった。それで私は2階に上がった。そして高速で展示室から展示室を見て歩いた。私はとうとう7つ目の室で見つけたのである。あんな競歩みたいな歩き方で、よく見つけ

られたと思う。
花子は立ち姿でもブロンズでもなかった。
顔だった。

その室に入ったとたんに一瞬でわかった。右の片隅のガラス
ケースの中にあるアジア人の女の顔だった。私はまっすぐそこに
向かい、正面からそれを見た。彩色されて能面のように見えた。
少し上向きに置いてあった。それで表情が照り映えて見えた。
私は花子を正面から見、ガラスケースに顔をつけんばかりの距
離で見、膝をついて下から見、左から右から見、花子を後に
して前を、つまり花子がここでずっと見てきた光景を見た。天井
を見、シャンデリアを見、壁や窓を見、窓の外の庭園を見、行
き交う人々を見た。

次の展示室にはロダンのコレクションがあった。古いギリシャや
ローマやエジプトの人体の部分だった。首や手や足や。鼻の欠
け落ちた顔や。
その次の展示室は「20世紀に向けて」と題され、そこにまた花
子がいた。
右隅のガラスケースの中に4つの花子の、中の2つは苦悶に近
い表情だった頭の顔側の前半分だから、面に近いというべきだ
が、なにしろそこに髪は逆立ち、首もついていた。それで生首に
しか見えなかった。鼻はほとんど欠け落ちているように見えた。
脇の壁に「Hanako」の説明があった。英語でも書かれていて
私にもわかった。そこになつかしい言葉があった。「ハラキリ」と。

「彼はexpressionを好んだ、ある緊張したexpressionだ、花子

によって使われた、ハラキリを模すときの」（私訳、英語から）

私はまた1階に降りて、見てまわった。さっきは目につかなかった人体の部分や断片が目についた。それは「地獄の門」という展示室だった。

そのとき私の目を惹いたのは、隣のガラスケースにあった苦悶する女の身体であり、のけぞる女の身体だった。トルソーの女の腹だった。次の部屋にはマルチル、まるちりよ、殉教した女の死体があり、死後硬直が始まっていた。その死体の向かいには、ダナオスの娘とアンドロメダが、女の盛りの肉肉しい身体で、足を折って座り、手を腹のあたりに差し入れ、うつぶせになり、背と尻を剝き出しにして絶命していた。これは切腹の姿勢なのである。腹に刃をつき入れて引き回し、力尽きて倒れ込んだときの姿勢なのである。

ロダンが花子を雇い入れる前の作品群だった。

「彼はexpressionを好んだ、ある緊張したexpressionだ、花子によって使われた、ハラキリを模すときの」

解説は変な英語だった。わかりにくかった。フランス語版にも同様のことが書いてあるのだろうが。

日本の女優花子の表現力に魅了されたロダンは、1907年から1912年にかけて、異国情緒からはほど遠い彼女の肖像画に取り組みました。タイプFバストが最も近い今日保存されていない最初のモデルから、連続的なリワークを通じて複数のトラックを探索しました。彼は表現を好みます。花子がハラキリを模倣するために使用する強烈な表現（タイプA、B、C、D）は、いくつ

かの拡張を経ています。より穏やかな表現（タイプE）は早くも1910年にブロンズに翻訳されました。（Google翻訳、フランス語から）

私は花子とハラキリとの関連を知らずに「花子」を読んだ。『切腹考』の中に「山は遠うございます。海はぢき傍にございます」を引用した。「マドモアセユの故郷には山がありますか、海がありますか」とロダンにきかれて花子が答えたときの1文である。日本を離れたディアスポラたちの言葉だと、私は思い、それで引用した。しかしそんなものじゃなかった。鷗外は知っていたのである。花子の前歴と、花子がロダンのために何を為したかを、よくよく知っていたのである。そしてそれは、私の最初に探し始めた主題にぴったり重なっていたのである。今頃気づいた。悔しい。とても悔しい。だから今、これから考える。そして書く。そのために来たのである。

ダンテが
ウェルギリウスと

不思議なものでこうして鷗外のことを考えていると、私は其処此処で鷗外に出会う。まるで鷗外のリズムで肩を並べていっしょに歩いているようだ。

ロダンの「地獄の門」はダンテの『神曲』だった。それで私はKindleで『神曲』を買って読み始めた。

原題は、イタリア語で『Divina Commedia』だった。英語では『Divine Comedy』で、ドイツ語では『Göttliche Komödie』だった。煩わしいので定冠詞は抜かす。どの言語にも「神」と「コメディ」の音と意味が這入っている。「コメディ」を「曲」と訳したのは鷗外先生。「曲」の意味を調べてみれば「変化のあるおもしろみ、ふし、作品」と。実に巧い。「尊すぎる」と学生たちの言葉を使って表現したくなるくらい巧い。

「コメディ」についても調べてみた。どうもチャップリンや吉本新喜劇とは違うようだ。喜劇とは悲劇の反対で、笑いというよりただの語り、大団円のある語り。でも私には、そこに何かしらの原始的な笑いが含まれていたような気がするのである。ペニスやうんこ、セックスやおならが、笑いそのものだったような気がするのである。ペニスやうんこ以下略が、なぜそんなに可笑しいか説明しがたいが、とにかく笑う。みんな笑う。笑いを強制されているみたいに笑う。『神曲』にもこんな箇所がある。

「人間の便所から流れ出たらしい糞尿の中に漬けられた人々が見えた」

また

「左手の堤へ鬼たちは向かったが、出かける前にみな自分たちの隊長に向かって合図に舌でべえをしてみせた。すると隊長の

方は尻からラッパをぷっと鳴らした」
語り手はここぞと語り、聞き手は腹を抱えて笑った箇所に違いな
い。

ペニスやうんこ以下略で人が笑うように、人は、女の死をよろこ
ぶ。人はそれをエロいと感じてよろこぶ。女に苦しみを与えるの
をよろこぶ。女が苦しむのを見てよろこぶ。女でない場合ももち
ろんある。しかしそれが女である場合、底にはきっとミソジニー
がある。
女を貶め、女を軽んじ、女を傷つけて、征服する。女から見れ
ば、貶められ、軽んじられ、傷つけられて征服される。近松や
馬琴、文楽や歌舞伎やオペラ、あちこちの神話にも、近代の映
画にも、いくらでも出てくる。そういうのが大好きで、エロいおもし
ろいと思って読んできた私の、真摯な結論である。

私はSNSに花子の写真をあげたのである。それを見て、カリ
フォルニアの友人からメールが来た。古い映画の研究をしてい
る人だ。早川雪洲について論文を書いてると、この間会ったとき
にいっていた。今はちょうど、花子の出た映画について書いてる
そうだ。私は彼に尋ねた。花子の出た映画とは何なのか。何に
興味を持ってどんなことを書いたのか。
「花子、1913年にロシアに巡業に行って、そこで映画に出てまし
た。そのうちの2本が現存します。『小さな芸者』と『日本女性の
名誉』。
僕の論文は、ロダンがなぜ花子の顔だけの彫刻を58個も作っ
たかについて。ちょうど初期の映画がクローズアップを発明した
時期（ロダンの弟子には、その後映画監督になった人もいる）。

体なしの顔だけにすることで、内なるエモーションが表現できる
のではないかと実験していたのではないか。芸術における『感
情』の表現が大事になった時代ではないか。そこでアジア人の
顔が使われた。ちょうどその頃、早川雪洲のクローズアップをめ
ぐって、フランスの批評家たちが『フォトジェニー』という映画理
論を打ち立てようとしていた。

要は、映画のクローズアップは、言葉では表現できないエモー
ション、『感情』を見せる、ということ。西洋人から見たら無表情
のアジア人だからいいやすかったのかもしれない。鷗外も短編
『花子』で、ロダンの口を通して、花子は『形の上に透き徹つ
て見える内の焔が面白い』といわせてますね。『内の焔』＝エ
モーション」

感情を表現する。表現主義が立つ。

スイスのLeukerbadという町で文学祭が行われる。文学祭の事
務局とはだいぶ前からメールをやりとりしていたが、Dear
Hiromi, で始めてBest, 何某で終え、いつまでもその様式が崩
れないのは、Clusterの事務局と同じだった。ドイツ語文化のせ
いかもしれない。アメリカのそういう立場の人とやりとりするのとは
ずいぶん勝手が違うのである。
Dear Hiromi, で、チケットと旅程表が送られてきたのはだい
ぶ前のことだ。
スイスに行く前に「Dear 何某、チューリヒでの乗り継ぎが不慣
れですから行き方を委しく教えてください」と書いたら、「Dear
Hiromi, ベルリン在住の作家が何人も同じ便でチューリヒに着
くから、中の1人に同行してくれるように頼んでおきます」と返信

が来た。同じ便で来る数人の作家たちの名前も連ねてあった。ベルリンの友人が心配してチケットと旅程表を印刷してくれた。いちおう顔を覚えておくとよいといって作家たちを検索もしてくれた。眼鏡をかけた女、髭の生えた男、横を向いた女、真っ黒なアイシャドウの目で睨みつける女。チューリヒの空港で私はその誰にも会わなかった。そして誰もいないなあと思いながら気がついたのが、旅程表が、何から何までドイツ語であるということだった。

空港の案内板によると、鉄道の駅は空港の真下にあった。私は指示に従ってエスカレータを下りていった。チケットに書いてある時間はもうとっくに過ぎていた。Dear Hiromi, のメールに、「これは1日中オープンのどの列車に乗ってもいいチケットだ」と書いてあったというのを思い出し、とにかく先に進もうと、目についた2人連れに旅程表を見せて尋ねたら、2人連れはそれを手に取って吟味して、停まっている電車を指さして、これに乗れと教えてくれた。

私は乗った。列車が動き出した。あーやれやれと思ってあたりを見渡したら、停車駅一覧の書いてある表示板がある。ところが私の最終目的地の Leukerbad が表示されていない。私は不安になってチケットと旅程表を確認したが、Leukerbad に行き着くまでに乗り換えが数回あるようだ。ドイツ語なのだが、そのようだ。Google Maps で調べてみると、やはり乗り換えがあるようだ。ところが Bern（地名）で乗り換えるようだというのはわかるが、その後の乗り換え地は Visp や Leuk と短縮形で表示されて、正式な地名が表示されない。もしかしたらそれは、列車の特徴をあ

らわす表示ではあるまいか。

　私は近くにいた女に、旅程表を示して聞いてみた。70代後半かと思われる彼女はとても親切だった。英語とフランス語ならできるがドイツ語ができないという。彼女が自分と同世代、もしかしたら私と同世代くらいの男にきいてくれたが、彼はドイツ語はできるが英語はできないという。その頃には周りの人々がみんな私の行く先に興味を持ち、親切そうにざわついていたが、使う言語がまちまちで、知識もまちまちで、埒があかない。そのときひとりの若い女がスマホを検索し、ドイツ語表示の乗り換え案内を出し、英語で説明してくれたのであるが、乗り換え駅は、私がさっき出したのと寸分変わらぬ、BernとVispとLeukだった。これは何の短縮形ですかと聞くと、「これがあなたの乗り換える駅の完全な名前である」と彼女は答えた。

　それで10人ほどの車両全体が、おーやれやれと落ち着いて、私も席に座って外を眺めたのだった。湖が現れて消え、山がせまってまた離れた。

　そのときとんとんと肩を叩かれたので振り向くと、最初に私が話しかけた英語ができてドイツ語のできない女が満面の笑みをうかべて立っていた。「聞きたいことがある。あなたは日本人だといったが、日本人にも巻き毛はあるのか、みんな直毛だそうだが」ときくから、私は端的に、パーマだと答え、彼女は納得した。いやはや懐かしい対応を見たものだ。80年代にはちょくちょく出遭った。いまだにいるんだなこういう人がと私は考えた。

　列車はBernに着き、英語のできない男が自分も降りるからついて来いと手真似でいい、いっしょに降りると、こっちだこっちだと

次の電車のホームを指さして別れていった。そのホームに入って
きた電車に乗ろうとして、ちょっと待て、念の為と思い、駅員を呼
び止めて聞いてみたら、「これではない、次に来る電車に乗れ」
といわれた。あぶないところだった。

次の電車は、立錐の余地もなく若者たちが立っていた。マスク
なしで屈託なく大声で騒いでいた。全身刺青の若い男の隣だ
けが空いていたから、「座っていいですか」と尋ねて快く許可を
得た。しばらく乗ると彼は降りてゆき、若者の群れも降りてゆき、
Vispに着く前には車両ががらがらと空いた。
Vispで降り、また人に尋ねながら次の電車に乗った。乗り換え
るたびに電車が小さくなっていく。最初のは数駅しか止まらない
特急だった。そして今では市電に毛の生えたようなローカル線
だ。あったな、こんな民話がと考えた。持ち物を交換していくう
ちに、どんどん小さく価値のないものになっていく話。
数駅目でLeukに着いた。外にバスが停まっていた。
Leukerbadと書いてあったが、私は運転手に確かめた。そして、
これがそれだと保証された。

行き先は知っている。そこまでのチケットは持っている。でも行き
方をまるで知らない。それで人に聞きながら先に進んでいく。
QRコードが印刷してある紙は人々の手に渡って吟味され、吟
味されては返されてきて、くしゃくしゃにひしゃげている。

バスは右に折れ左に折れ、坂道をのぼっていった。右や左に
谷間が見えた。やがて山に囲まれた小さい温泉町に着いた。
切り立った崖の上の方がぴかぴか光った。太陽が高いところに

あるのに、山に隠れてもう見えない。これが日本の田舎なら、暗くて貧しく、不作や飢饉のたびに子殺しや子捨てが行われ、道の片側に石の地蔵が何十体も並ぶような土地柄になるだろう。

文学祭は始まった。ドイツ語だった。数人、私を含めてドイツ語圏以外から来た作家たちには通訳がつき、「ドイツ語の声」とみんなが呼ぶ、ドイツ語訳を読む俳優がついた。

私は出番の合間に山歩きをした。山は知らないものだらけだった。道端の植物も知らない、山のかたちも知らない、道も、川も知らない。小さい野イチゴ、ヘビイチゴにそっくりなのに、口に入れると、買って食べるイチゴとは比べものにならない強い甘みがあった。口の中で甘みが爆発した。ほらハイジだよ、ほら野イチゴだよ、と私は写真を撮って東京の友人に送った。

次の日また山歩きに（野イチゴを食べようと）行こうとしたら、前の晩のディナーで隣に座って話し込んだ同世代の作家が、出番がないから連れていってくれといった。私だって知ってるといえるのは野イチゴの生る藪だけなのだが、人を案内して歩くことになった。彼女はベルリンから同じ便で来たそうだが、見覚えがなかった。

私は大きな日よけ帽を被っていた。彼女はそれを指して、自分も被りたいが、これがあるから被れないといい、頭のてっぺんにくるくるとまとめた髷を見せた。そのかわりにこてこてにサンスクリーンを塗ってきたという顔は、山に行くには不釣り合いなほど化粧が濃かった。

彼女は大きな声で何かをいった。歌うようであった。なにそれと聞くと「『神曲』からの引用だ、ドイツ語訳だ」といった。とつとつ

と日本語に直すとこうなる。

「さあ行こう、ふたりとも心はひとつ。あなたが先に行く人、あなたが師」

彼女は私と同世代で、快活で、態度が大きく、自信にみちあふれ、大きな声でしゃべり続けるのだった。

彼女は大声でしゃべり続けた。山歩きというより、山しゃべりを聞きに行ったようなものだった。彼女がしゃべり続けたのは、小説のこと。翻訳のこと。書評のこと。

しゃべっているうちに、というより、私が彼女がしゃべるのを聞いているうちに、私たちは戻る道を見逃し、野イチゴの藪も見過ごして、ずんずんと高いところへ登っていった。

彼女はしゃべり続けた。私は聞き続けた。小説のこと。書評のこと。他の作家のこと。「ほんとにいいのか、こんなことを聞きたいのか」と彼女は私に問いながら、他の作家に対する批判の口調を強めていくのである。すべてが螺旋状にゆっくりと廻りながら彼女の意識の、経験の、底の方へ降りていくような気がするのである。そしてそれを私は聞き続けているのである。

「ほんとにいいのか、こんなことを聞きたいのか」と彼女にまた問われて、私は答えた。

「ものすごくおもしろい。私はいかにもひとりの作家であるが、この言語文化に属しておらず、詩人や作家を誰も知らず、その上何ひとつ読んだことはない。なんの後腐れもない。遠慮もいらない」

それで彼女はさらにしゃべり続けた。私は聞き続けた。彼女を見下していると思われる他の作家のこと。彼女より世に受け入れられている他の作家のこと。出た書評のこと。出なかった書評の

こと。作家の末路。聞いてるうちに、私もいつかどこかでこのような話を誰かに語ったという気がするのである。

山肌いちめんに背の高い黄色い花が咲いていた。「ヒマラヤに同じような植物が」と私はいいかけ、「のーのー、ここはアルプスだ、これはGentianaだ」と彼女に教えられた。彼女は街育ちだが、彼女の祖父は何を思ったかこういう山にこもり、炭焼きを、いやチーズ作りだったか、やり続けて生涯を終えたそうだ。

キンポウゲ科の花を何種類も見た。セリ科の花がいたるところに咲いていた。ヤブジラミに似た花もシシウドに似た花もあった。園芸種のオルレア、このごろ熊本の河原にもときどき咲いている、庭から逃げ出してそのまま増えているのに相違ないが、それによく似た花もあった。

山は、登ったら下りねばならない。私と同世代の彼女は膝が悪かった。登りは問題なかったが、下りには難儀した。難儀する彼女を見かねて、私は彼女に手を差し出した。そのとき彼女はまた大仰にドイツ語をつぶやき、「『神曲』の別の箇所だ」といった。
日本語にとつとつと直せば、こうなる。
「人であれ影であれ、助けてもらいたい」
彼女はいいながら、私の手を取り、にぎりしめた。私は取られた片手に力をこめ、力をこめ、ぷるぷる震えてしまったほどの力をこめた。彼女はその片手に体重をかけ、さらに全体重をかけた。私は片手でそれを支えた。
急で、石だらけの坂であった。実をいえば私だってバランス感

覚は衰え切っている。でも私の手に頼り、にぎりしめてくる彼女の
手の手前、仁義を通して見栄を張るしかなかった。必死であっ
た。

彼女は私の手をにぎりしめ、体重をかけ、体重をかけながらに
ぎりしめ、にぎりしめながらしゃべり続けた。坂を下りながらしゃ
べり続け、何度も立ち止まり、立ち止まったまましゃべり続けた。
それは痛みにさいなまれる人の動きに違いなかった。つないだ
手はときどきほどいて、またつないだ。それで下りは登りよりはる
かに時間がかかった。

彼女はしゃべり続け、私は聞き続けた。すべてが螺旋状にゆっ
くりと廻りながら降りていくような気がするのである。ベルリンでの
学生時代。壁に囲まれた自由。壁の瓦解。出会い。争い。憎
しみ。別れ。老い。膝。別れ。血糖。血圧。痛み。別れ。さ
らなる痛み。人の末路。聞いてるうちに、語っているのは、彼女
ではなく私で、私ではなく彼女が、それを聞き続けているような
気がするのである。

「おー、10年前の私はとてもとてもグラマラスだった」「おー、
10年前の私はこんな坂などいっきに駈けおりた、駈けおりて地
獄の中に飛び込んだ」「地獄に行くこともできないとはなんたる
地獄だ」

彼女はしゃべり続けて嘆息した。目のまわりのアイシャドウが汗
で流れて、顔全体が、キャンバスに自由自在に絵の具を走らせ
た絵のように見えた。とても美しかった。

彼女が使っているプロフィール写真は10年ほど昔の写真で、い
やそれは私もそうだからお互い様だ。写真の彼女は細い首の上
に長いカーリーヘアが稲妻のように燦めいて四方八方になだれ

落ち、真っ黒なアイシャドウでふちどられた真っ青な目がこっちを睨みつけていた。スイスに来る前、ベルリンの友人が作家たちの名前を検索したとき、出てきたのもその写真で、チューリヒの駅で彼女がすぐ前を通ったとしても、私には判らなかったと思う。今の彼女はそれから10年分老い、髪をひっつめにして頭の真上にくくりあげている。今も真っ黒なアイシャドウで目のまわりをふちどり、人を睨みつける目つきをして、とても、とても、美しい。

文学祭は終わって人々は散っていった。彼女もこれからスイスのどことかに行くといった。ベルリンでまた会う約束をして、ハグして別れた。チューリヒに向かうのは私ともう1人だけだったから、Vispまでスタッフが車で送ってくれた。同乗したのはジャマイカ系イギリス人の詩人だった。詩人は「彼女」や「彼」ではなく「彼ら」の人称を使った。話すうちに、彼らもまた同じ目に遭ったのがわかった。つまりチケットは送られてきたが、行き方がわからずに苦労した、何も教えてもらわなかったのである。神話的だ、そうじゃない？ と私がいい、彼らが同意した。そして私たちは神話について話していたのだが、そのとき、運転者が振り向いていった。
「はい、今から右の方を見て。教会が見えてくるからよく見て。そこにリルケの墓がある」
リルケといったら日本語の詩人には大きい名前、と私はいった。
「リルケは英語の詩人にとっても大きい名前」と彼らがいった。
ちょっと寄ることはできない？ と私たちは運転者に懇願したが、
「時間がない、また今度」と彼はいった。「ほら、あの教会、よく見ておいて」
「白」だと私は考えた。鷗外の訳した、リルケの「白」だ。

コヨーテと

「白」のあのなんともいえない表現は何か。

何がいいたいのかよくわからないのだ。でも人が無意識に考えるいろんなことが、かぶさるように伝わってくる。それを鷗外が、何がいいたいのかわからないように、言葉だけがこっちにかぶさってくるように訳すのである。

「家常茶飯」の後にはリルケの紹介文がついていた。人工的で、ひどく饒舌な構成だった。「倅に持っても好いような男です」という紹介の仕方が不思議だった。「現代思想（対話）」というそのタイトルも、不思議だった。私にはわかり得ないことがさまざま書いてあったような気がするのである。

私はスイスからベルリンに戻ってきた。ベルリンは暑かった。先週のパリみたいだった。私は風邪を引き、どんどん悪化した。手をつないで山から下りてきた作家から、「Hi Hiromi, 私は陽性だったが、あなたは大丈夫か、他のみんなも陽性だそうだ、スイスの彼女も、フランスの彼も、イギリスの彼らも」とメールが来た。ベルリンの友人が心配して、PCR検査に私を送り出した。結果は陰性だった。ベルリンの友人はなおも疑い、私は1日おいてまた検査に送り出され、今度は陽性が出た。私は、それから、下宿の屋根裏に1週間ほど閉じこもっていたから、研究室に戻れたのは7月半ばの頃だった。

スイスに行く前のこと。

研究室へ行く道に近道がある。誰も通らない小道がある。ブナの立木が群れになり、ツタがからまり、キク科の藪があり、アメリカセンダングサによく似た茎のてっぺんにとげだらけの痩果がつき、触れるとおそろしく痛かった。黒イチゴの藪もあり、そばを

通るだけで茎が揺れ、跳ね返ってとげに刺された。痛かった。
でもそこを通るのはやめなかった。毎日その小道を歩いた。
ところがあるとき、誰かが急激な便意を催してその小道に走り込
み、用を足して出ていったのだった。尻を拭いたティシュー紙
が捨ててあった。紙は消えてなくならない。なんでお尻を紙で拭
くのだろう、下痢したらしたで、そのまま立ち去るとか、そこらのブ
ナの葉かなにかで拭くとかすれば、犬の糞と同様の存在感しか
持たなくなるのに、と私は考えた。それ以来、私はその小道を通
らなくなった。スイスから帰って、もう浄化されたかと思って、久
しぶりに行ってみた。浄化されてなかった。いない間に雨が少
し降り、また日照りが続いた。汚れた紙はちぢんで乾いて広い
範囲に散らばっていた。黒イチゴの実がすでにいくつか熟れて
いた。

研究室の向かいに70年代風のいかにもヒッピー的な緑色の建
物がある。ツタや蔓になる植物で覆われており、何に使うか、
青い塔がある。塔に矢狭間のような穴が開いている。来てすぐ
の頃、黒イチゴの藪がつぼみだらけだった頃に、1羽のタカが
狭間に這入るのを見た。数日してまた見た。奥にはタカの巣が
あるのだろうと考えた。
スイスから帰り、コロナから恢復して研究室に戻った日、私は塔
の狭間の入り口に、膨らんだ鳥が2羽いるのを見た。フクロウか
と思ったが、よくよく見るとタカの子である。丸くて膨らんで羽が
いかにもふわふわで、2羽並んで狭間の入り口につかまり立ちし
て、おもしろそうに外をみつめていた。しばらくすると1羽が飽き
て羽を伸ばした。そのとき後ろにもう1羽いるのが見えた。
次の日にもタカの子が2羽、外を見ていた。

3日めには1羽しかいなかった。前日に猫が鳴いていたから獲られたかと思って塔の下を見てまわったが、それらしい跡はなかった。

次の日には1羽もいなくなった。その次の日もいなかった。そして今、私は、いなくなったタカたちの色や形を思い出して検索している。よくわからない。ハヤブサだったかもしれない。親は背が茶色くて、子は灰色だった。親はモリバトよりかなり大きくて、カラスよりもさらに大きかった。

こっちのカラスは、頭と羽は黒いが、胴体は灰色である。

この頃読んだものに出てきた人たちの生年没年。並べてみた。ヴァーグナーで始まることに他意はないし、抜け落ちた人がいることにも他意はないのだ。

ヴァーグナー　1813-1883
トルストイ　1828-1910
イプセン　1828-1906
ロダン　1840-1917
ハルトマン　1842-1906
ニーチェ　1844-1900
ストリンドベリ　1849-1912
ファイヒンガー　1852-1933
鷗外　1862-1922
デーメル　1863-1920
R・シュトラウス　1864-1949
シェーンベルク　1874-1951
リルケ　1875-1926

オイレンベルク　1876-1949
マリネッティ　1876-1944
晶子　1878-1942
カフカ　1883-1924
トラークル　1887-1914

リルケについて、前にも書いたが、「家常茶飯附録」の「現代
思想（対話）」で、「私なんぞよりは殆ど二十年も若い。倅に持
つても好いやうな男です」と鷗外はいっている。
鷗外の留学は1884年から1888年、表現主義の人々の活躍に
は出会わなかった。でも鷗外は情報を得つづけていたはずだ。
それを知るためには「椋鳥通信」を読めばいいのではないか。
「椋鳥通信」こそ、今読まねばならないのではないか。
大学の図書館に鷗外全集がある。1953年の33巻本も1971-
75年の38巻本もある。
来てすぐの頃、ベルリンの友人が「ここが図書館です」「ここが
日本関係です」と案内してくれたときに見た。
あれを読みたい。図書館の貸し出しカードを手に入れたい。

私はClusterの事務所に相談した。Dear 何某、図書館の貸し
出しカードを手に入れるにはどうしたらいいですか。
返ってきたメールがこうであった。
「Dear Hiromi，まずClusterの研究員として大学のHPにログ
インして登録してください、仮のユーザーネームと仮のパスワード
はもうずいぶん前に送ってあります、All the best，何某」
文面の慇懃さは揺らがなかったが、どうも叱られたようだった。
ログインしてみたら、ドイツ語の画面である。英語には切り替わ

らないので、Google 翻訳を参照しながら続けていく。画面があれこれと指示を出す。パスワードを変えろ。大文字と小文字と特殊文字と数字を組み合わせろ。新パスワードを書け。もう一度書け。ドイツ語が分からなくても解るところはあるが、解らないところもある。パスワードは何回作り直してもシステムに拒否される。拒否される理由はドイツ語だから解らない。向こうの主張が赤い線で表示され、ひじょうに深刻なようすである。そうする間も私のコンピュータは複雑怪奇な文字列を次々に考え出しては、小さな窓口で私にささやきかけてくる。それを「今は使わない」「今は使わない」と日本語で拒否し続ける。

拒否し続けながら、私は考えた。いわれるままに複雑怪奇な文字列を使い、後はコンピュータに任せ、自分では覚えも考えもしなければいいのではないか。それでクリックしたのが運の尽きで、怖れていたことが起こった。複雑怪奇な文字列にすべて書き換えられた後、パスワードが消えた。記憶もすべて消えた。

Dear 何某が手配してくれて、Cluster の事務所から学生アシスタントが出張ってきた。学生アシスタントの前で、私は同じことをくり返し、同じ状態に陥ってみせたのだが、そのとき彼が発見したのが、拒否され続ける理由である。なんと、自分の名前と同じ文字列は使ってはいけないという。犬の1匹がチトー（Tito）という。それが伊藤の Ito にかぶっていたのである。私はパスワードに、熊本に残してきた犬猫の名前をぜんぶ招き入れて、彼らが私をミスしているとか彼らが幸せに暮らしているとか、パスワードの中に感傷的な詩を1篇、作りあげようとしていたのである。

私は無事にシステムを通過して登録をしおおせた。

次に図書館に貸し出しカードを作りに行き、受付で拒否された。ベルリン市内に住所がないという理由だった。学生アシスタントはあわてずに、「キャンパス内の別の図書館に貸し出しカードを作りに行こう」と提案した。むだじゃないかと私はいったが、「前に成功したことがある、そもそも研究者が図書館を使えなければ研究にならない」と学生アシスタントはいうのである。それで別の図書館の受付の、前の図書館と同じような態度の同じような年頃の女の司書に同じ申請をしたら難なく通り、私は学生アシスタントと別れて、ひとりで、作りたての貸し出しカードを手に図書館に入っていったのだ。ところが。

鷗外全集の場所がわからない。図書館全体に「しずかに」のバリヤーが張られてある。声を出して人に聞くこともできずに、図書館の建物を上の階から下の階まで歩いてまわったがみつからない。表示はぜんぶドイツ語だから、自分がどんな分野の本たちのそばにいるのか、日本文学から近いか遠いかさえもわからない。そのとき私はコヨーテを思い出した。

図書館の中にコヨーテがいる。大きくて、黄色くて、木でできている。

この前ここに来たとき、ベルリンの友人がそれをなでながら、「このコヨーテが盗まれたんですよ」と話してくれたのだった。みんなが悲しんだとか、作ったアーティストがもう一体作ったとか、それは重い素材を使って動かせないようにしたとか、「そしたら戻ってきたんです、それで室内に置くようにした、それがこれ」といった。
私は今だから熊本から来ましたなどといってるが、もともとコヨー

テの本場に20数年住んでいた、コヨーテが荒野で騒ぐのもハウルするのも日常だった。私の犬 Tito は Coyotito（ちびコヨーテ）の Tito、「シートン動物記」の「かしこいコヨーテの話」の主人公から名前を取った。とまあこのようにコヨーテの国からコヨーテの宣伝販売に来たような私から見ると、その木像は耳が大きすぎ、身体の線も柔らかすぎて、リカオンかオオミミギツネにしか見えなかった。

私はベルリンの友人が立ち止まって木像をなで、盗まれた逸話を愛おしげに語りながら、鷗外全集のところに私を連れて行ってくれたのを思い出した。そしてそこに行くために、ハシバミの藪の裏を通ったことも思い出した。

私は図書館から一旦出て、外をまわり、ハシバミの藪を探し当て、以前来たとき「これがヘーゼルナッツですよ」と友人が教えてくれたのだった。藪の近くの入り口から入り直し、コヨーテの木像に立ち戻り、友人のなでる手つきを思い出しながら、あのとき、ここからどの方角へ行ったかを考えた。

あのとき私たちは、廊下を渡り、別の部屋に入り、2階に上がり、右に行き、「違う違う」と引き返し、左に行ったところで Japan の表示を見たのだった。

井伏と

カリフォルニアの友人から、花子についての論文と花子の映画とが送られてきた。ロシア製の無声映画が2本。1912年から1913年にかけて、花子とその一行がロシアで巡業した際に、Le Film Russe（フランスの映画会社Pathéのモスクワ支社が母体だった）で制作されたものだ。

『La Petite Geisha』（1913）

『L' Honneur d' une Japonaise』（1913）

論文は（花子より前の）川上貞奴の死の場面に言及し、花子の死の演技にも言及してあった。あの頃の日本発の芸人たちは、みな死の表現を売り物にしていたのか。これにはちょっと驚いた。花子はロシア滞在の間に、スタニスラフスキーのスタジオに呼ばれて、死ぬ演技を披露したそうだ。

『La Petite Geisha』で、花子は看護婦姿で登場し、ロシア人某の妻になる。芸者の踊りも披露する。やがて夫には大柄な白人の愛人ができ、花子は喉を突いて死ぬ。

『L' Honneur d' une Japonaise』は「日本女の意地」とでも訳そうか、番町皿屋敷みたいなストーリーで、貴重な皿を運ぶ花子は皿を1枚盗み取られ、責任を負って喉を突いて死ぬ。こっちの方が顔の表情を真正面から写し撮ってある。

花子はあたりを見まわし、眉を上げ下げし、胸元をややはだけ、喉のあたりをさすり、刃をあて、少しためらい、突き入れる。全身が収縮する。前屈みになり、それでも立ち上がり、糸に操られるように、右に揺れ、左に揺れ、足をもつれさせ、立ち上がろうとするがくずおれる。花子に恋する侍があらわれ、花子をささえる。花子はなおも立ち上がり、右に揺れ、左に揺れ、刀を取り落とし、腰くだけに座りこむ。侍は両手で支え続ける。花子は小

さい。人形遣いに抱えられる人形のように小さい。花子は侍に
身体を預け、手を震わせ、半目であたりを見、眉を上げ下げし、
ときどき収縮し、ゆっくり体を傾けて、そして落ち入る。

熊本の元院生から「ツバメがすごいです」といって写真が送ら
れてきた。空中をツバメが乱舞している写真である。写るのは
いつも影だ。ときに鳥型をしている影だ。うまく写すと、影が何百
と写る。影が何百となく写る。
「坪井川の公園でツバメの観察をされてる方に会いました。30
〜40代くらいの男性で、いろいろと教えてくれて、今週の土曜日
にツバメの観察会をすることを教えてもらいました」とも書いてき
た。その人なら私も知っている。挨拶する。
日没の10分くらい前からムクドリが移動を始める。大きな群れ
や中くらいの群れ、ときには数羽の小さい群れを作って、時間に
遅れまいとするようにまっしぐらに飛んでいく。ときどき中継地点の
木に止まって休む。そのときは木じゅうが揺れうごく。木じゅうがさ
ざめく。それを今熊本で、元院生が見ている。
日没する。
日没の10分くらい後からツバメが集まり、数万羽に膨れ上がり、
群になってうねり、空に昇り、川辺に降り、葦原の上を旋回して、
川面をかすめ、また空に昇る。それをくり返す。やがて闇が濃く
なってくる。ツバメたちは空から葦原の葦に向かって、墜落する
ように降りていく。それを今熊本で、元院生が見ている。

私もベルリンでムクドリを見た。
ムクドリ大のムクドリ体形の鳥だった。しかし細かい白斑が入っ
ていた。ベルリンの友人に聞くとStarだという。スタアとくり返す

と、シュタァだという。英語のStarlingかと聞くと、そうだという。

日本のムクドリとはだいぶ違う。むしろ6月頃さかんに鳴いていた黒い鳥の方が、日本のムクドリに似ていると思った。その黒い鳥を観察しながら、ムクドリみたいだけどムクドリじゃないと思った。でもシュタァといわれるドイツ産のムクドリよりはムクドリに見える。ちゅくちゅくとかぴっぴっとかいう鳥の声じゃなく、旋律のある鳴き声をつくる。

ベルリンの友人に聞くと、Amselだと教えられた。

Amselは英名Blackbird、和名はクロウタドリというのだった。

しかし井伏鱒二にはBlackbirdからそのままクロドリと訳されて、『ドリトル先生のキャラバン』に出てくる。

「御存じのとおり、わたくしたちは、ちょっとした歌い手だもんでございますからね」といってるクロドリたちはカナリアオペラに起用されるが、本番の前に喉頭炎にかかって降板せざるをえなくなり、町スズメ隊が代役をつとめて、彼らの下世話な歌が大ヒットするのである。

私は井伏鱒二を読んでいたのだった。

『ドリトル先生アフリカゆき』の翻訳者としての井伏に興味を持って、文体の妙を解き明かさんとKindleで買って。ところがふと眼を挙げると、下宿の壁いちめんに古い日本文学全集が並んでおり、井伏鱒二の巻があるではないか。

昭和42年。集英社。日本文学全集第41巻（全88巻）。

「リタイアした後、本はたいていどこそこの大学に送っちゃったんですけどね、これは思い出のあるものだから残しておいたんですよ」とベルリンの友人がいった。

箱から出して開いてみると「さざなみ軍記」「ジョン万次郎漂流

記」等、未読の小説も入っている。その上、巻末の、小沼丹に
よる解説がやたらと詳しくて読みでがある。そしてそれを読むうち
に、私は「鷗外」という字をみつけた（そのときの興奮ったらな
かった。どこまでも鷗外先生につきまとっているような、つきまとわ
れているような）。
かいつまんでいえば、井伏鱒二は旧制中学の頃、朽木三助とい
う年配者のふりをして鷗外に手紙を出した。鷗外はやすやすと
だまされ、しかし誠実に対応し、その経緯が「伊沢蘭軒」の中
に書いてある。そして当時、井伏鱒二はまだ「朽助のいる谷間」
を書いていない。引用する。

　　わたくしは朽木三助と云ふ人の書牘を得た。朽木氏は備
　　後国深安郡加茂村粟根の人で、書は今年丁巳一月十三日
　　の裁する所であつた。朽木氏は今は亡き人であるから、わ
　　たくしは其遺文を下に全録する。

候文はいかにも見事だが、井伏鱒二によると（何に書いてあっ
たか忘れた）、鷗外によって整えられてあるということだ。引用続
けます。

　　「謹啓。厳寒之候筆硯益御多祥奉賀候。陳者頃日伊沢蘭
　　安の事蹟新聞紙に御連載相成候由伝承、蘭安の篤学世
　　に知られざりしに、御考証に依つて儒林に列するに至候段、
　　闡幽の美挙と可申、感佩仕候事に御座候。」
　　「然処私兼て聞及居候一事有之、蘭安の人と為に疑を懐
　　居候。其辺の事既に御考証御論評相成居候哉不存候へ
　　共、左に概略致記載入御覧候。」

「米使渡来以降外交の難局に当られ候阿部伊勢守正弘は、不得已事情の下に外国と条約を締結するに至られ候へ共、其素志は攘夷に在りし由に有之候。然るに井伊掃部頭直弼は早くより開国の意見を持せられ、正弘の措置はかばかしからざるを慨し、侍医伊沢良安をして置毒せしめられ候。良安の父辞安、良安の弟磐安、皆此機密を与かり知り、辞安は事成るの後、井伊家の保護の下に、良安、磐安兄弟を彦根に潜伏せしめ候。」

「右の伝説は真偽不明に候へ共、私の聞及候儘を記載候者に有之候。若し此事真実に候はゞ、辞安仮令学問に長け候とも、其心術は憎むべき極に可有之候。何卒詳細御調査之上、直筆無諱御発表相成度奉存候。私に於ても御研究に依り、多年の疑惑を散ずることを得候はゞ、幸不過之候。頓首。」

つまり伊沢蘭軒（辞安）とその息子（良安）が、福山藩の藩主で江戸幕府の老中でもあった阿部正弘の毒殺に関わったという情報である。そんな噂がその頃、福山出身の井伏が福山の中学校にいた頃に、囁かれていたそうだ。陰謀論はいつでもあった。それを井伏の友人が井伏に教え、井伏を唆して手紙を書かせた。そしたらその友人が鷗外の手紙を欲しがるので、朽木が死んだという手紙を出してまた手紙を得た。なんといやな読者だろうと思いつつも、ここのところの井伏漬けで、井伏の文章にすっかりまいっている私には、センスのいい、遊び心たっぷりの少年の悪さとしか思われない。遊び心に真剣勝負で挑み返す鷗外の懐の深さにもますます惚れた。引用続けます。

何ぞ料らむ、数週の後に朽木氏の訃音が至つた。朽木氏は生前にわたくしの答書を読んだ。そして遺言して友人をしてわたくしに書を寄せしめた。「御蔭を以て伝説に時代相違のあることを承知した。大阪毎日新聞を購読して、記事の進陟を待つてゐるうち、病気が重体に陥つた。柏軒の阿部侯を療する段を読まずして死するのが遺憾だ」と云ふのであつた。按ずるに朽木氏の聞き伝へた所は、丁巳の流言が余波を僻陬に留めたものであらう。

井伏読書が佳境に入ったところで、私はこのように、無理矢理鷗外に引き戻された。これは井伏本人も書いているし、よく知られた話のようだが、私はベルリンに来なければ、集英社版の日本文学全集を手に取ることもなく、小沼丹の解説を読むこともなく、つまり井伏と鷗外の関わりを知ることもなかった。ここまで来たのも無駄ではなかったなあと思いながら、井伏を、そして鷗外を、読み続けていたときだった。

ベルリンの友人が「もっといろんなところに行かなければ」といい出した。「せっかくの9ユーロチケットを利用していろんなところに行きましょうといってたのに、いつも仕事ばかりしていてどこにも行ってない」
え、だって、しめきりあるから、といつも家族にいってきた口実を、私はここでも持ち出そうとしたが、「とても不自由そうに見えるんですよ」と友人はいい放った。「こっちに来て、ずっと仕事ばかりでまだぜんぜん何も見てないでしょう」
「何をしに来たのか」とは友人はいわなかったが、たぶんいいたかったのだと思う。「日本の本ばかり読んで」ともいわなかっ

たが、いいたかったに違いない。なにしろ私は井伏祭りの最中で、口を開けば、井伏で、鱒二で、しかもベルリンの友人は著名な日本学の研究者であるからして、何か聞いて、知らないということはなく、ほとんど、「日本近代文学事典」がわりに利用していたのである。

すぐ論破される私であるが、このときはしかたがない、抗弁せざるをえなかった。
──観光に来たわけではない。観光は別にしたくない。盛り場にいくのは億劫でしかない。人に会うのも好きじゃないので、研究室にこもる生活は快適である。演奏会なら行きたいが、シーズンは終わってしまった。もはや出歩く理由が何もない。そもそも仕事をするのは作家の本分ではないか。

しかし私には、この対話の本質はわかっている。
私がやっているような雑誌や新聞の仕事は、書評や文学評論などではない、人生相談や婦人雑誌の連載エッセイという仕事は、ドイツのみならずアメリカでもまともに受け取られない。
アメリカに住んでいたときもよく聞かれた。あなたはbookを書いているのか、（新聞、雑誌の）articleを書いているのか。私は雑誌に連載している（つまりarticleを書いている）というと、とたんにすっと見下された。そういう経験が何度もある。
今の私はただの短期滞在者で、ベルリンの友人という理解者が後ろだてになってくれるから見下されることはないが、作家たちの前で「しめきり」という言葉を出すと、場がすうっと冷えていく。「それはないわ」というようにドイツ人作家が、右に左に首を失礼でない程度に振るのである。「私たちは人に書かされるので

はない。自分の意思で書いていくのだ」といわんばかりにして。

私の抗弁はまだ続く。
——雑誌や新聞の連載で生活を支えているわけだし、自分の
表現したいこととエッセイや人生相談は分かちがたく結びついて
いる。日本の文芸は連載形式が中心だ。しかもすでに始めた連
載のためにはそれなりの本が要る。このように仕事と本を手放し
て、家族の世話も放棄して、よそに行って短期間住むという生活
は、作家にとっては不自由きわまりない。こんなこと、誰もしてな
いじゃないですか。
すると友人に、「日本の作家は、でしょう」といわれ、「ドイツの
作家はしますよ」といわれて、ぎゃふんとなった。死語ですか。

私の抗弁はまだ続く。
——植物園や近所の森ならば（友人に連れられて）何度も歩い
たが、しゃべりながら歩くから、歩いた気がしない。かといって
ひとりで歩きに出ても、犬がいない頼りなさばかり気になって楽し
めない。それより研究室の行き帰りに、道端の木を知り、草を知
り、それらが育っていく、ないしは枯れていくのを見ていた方が
楽しい。
——ベルリンに来て、観光しなくちゃという圧迫も感じずに、い
つもの自分のままに日々を暮らし、マーケットで食べ物を買い、道
端の植物を観察して写真に撮る。これこそ何よりも贅沢で自由な
ことと思えるんですが。
と、このように、私にしては激論を戦わせる感じで抗弁をしたの
だが、「それはまあそうでしょうけど」と日本式にすっと返され、な
いしは躱されて、相手はぜんぜん納得してないのを知った。

目的地に着かない

何がきっかけで私が「鷗外　ニーチェ」の検索をし始めたか忘れた。「妄想」だったかもしれない。「仮面」だったかもしれない。鷗外先生のことはこんなに好きなのに、先生が言及するニーチェのことはまったくわからないので、これじゃいけないと思って、苦し紛れに探していたんだと思う。

検索するうちに出会ったのが、ある哲学者の論文だった。ダウンロードして縦書きに直して読み始めた（私は縦書きじゃないとどうも意味がつかめないのである）。哲学者は日本人で、日本語で書かれてある。

「当時、種々の面でヨーロッパ世界に生起していたラヂカルな思潮を鷗外は、信奉こそしなかったが、悟性としてはみな解っていたのだと思う」という冒頭の1文からすっかり読み惚れたのだが、なにしろPDFの写りが悪い。ラヂカルという言葉遣いもだいぶ古い。それもそのはず、これが書かれたのは1968年、大昔だ。しかし私にとっての威力は変わらない。

戯曲の翻訳「家常茶飯」そしてその附録の「現代思想（対話）」、戯曲「仮面」、小説「かのやうに」、どれもそういうことだったのかと納得がいった。

鷗外は、本を読んで、感想文や書評を書くみたいに、小説を書いた、戯曲を書いた。かみくだいて、のみくだして、一寸ためしてみるか、人や関係や状況をフィクションの中でつくってみるかといわんばかりに。

そういえば1980年代、ニューアカの人々がドゥルーズだガタリだといっていた。私のまわりでもいっていた。

そして1880年代は鷗外が、ニューアカのときと同じような感じで、

ファイヒンガーだハルトマンだニーチェだといっていたのだった。

論文を書いた哲学者のことは知らないわけではない。ベルリンの友人にとっては、古い親しい友人である。私も古い親しい友人の部類に入るのだが、それよりも古くて親しい友人なのである。友人や友人の夫といっしょに何度も会った。私の朗読会で通訳してもらったこともある。

誰さん（哲学者）の論文をネットでみつけて読んでるんですけど、ものすごくおもしろいんですよというと、ベルリンの友人が「いっぱいありますよ」といって、彼の著作を何冊も何冊も出してきた。何冊も何冊も出してきて、テーブルの上に山と積み上げた。

鷗外の小説はつまらないと考えていたことがある。それは鷗外先生のせいではなかったと今にして思い知る。私が読者として、あまりにも能力の足りなかったせいだ。私は鷗外の小説に含まれる思想について考えもせず、実はストーリーもどうでもよくて、ただ文体だけを読んできた。それだけじゃやっぱりだめだった。鷗外は思想を伝えようとしていたのである。でもいまだにそこは理解できない。

この思想というやつ。私は学生の頃から苦手でたまらない。私には、文章の中のあらゆる抽象的な部分をすっ飛ばし、そこに掲げてある引用や具体的な動きだけを読む癖がある。昔からあるその癖を、どうにも直すことができない。詩や小説なら必要以上に読み取れるが、思想や哲学や評論や論説文は、読み取る力を初めから持ち合わせていないのかもしれない。

以前、禅の老師（灘高・東大）に理解力の無さを呆れられ（仏

教の本についてだったが)、「いったいどうやって読んでるの」と
聞かれ、私は悪びれず、こうやって読むの、と手をふわりと開い
てまた閉じながらスッと後に動かす、魂を抜き取るときのような、
彗星の尾のような手の動きをやってみせて、さらに呆れられたこ
とがある。

ベルリンに来る道々読んでいたのが、岡井隆の『森鴎外の『沙
羅の木』を読む日』だった。何年前になるか、岡井さんの『ヘ
イ龍カム・ヒアといふ声がする（まつ暗だぜつていふ声が添ふ）』
という、詩集であり歌集であり文集である試みがひどくおもしろく
て、私は、その本をしばらく抱えて暮らしていたのだった。『沙
羅の木を読む日』は、鴎外の『沙羅の木』所収の詩をひとつひ
とつ丁寧に読んでいくという試みであり、抽象的なところに行きか
けては引用の詩群で具体的な言葉に戻るので、ついていくこと
ができた。でも驚いた。歌人の読み解きは、詩人の読み解きと
はずいぶん違う。歌人は言葉の隅々にまで執拗に意味を求める。
詩人はもっとざっくりと読み取ろうとするんじゃないか。そんなのは
私だけか。
詩を書くというのはそういうことかもしれない。言葉を追いつめて
いきながら、わざと隙をつくる。流す。制御をやめる。おっぽり
出す。
そういえば昔、小説家から、そんなことをいわれた。違う小説家
たちから何度もいわれた。詩人の書く小説はすみずみまで言葉
を制御しようとする、だから読みにくい、と。同じことを歌人の詩
の読み解きに感じている私は何なんだろう。
鴎外の詩は、音数律も韻律もクッキリとして、くどいほど古語を使
う。だから岡井さんの丁寧な読み解きには助けられたのだけれ

ど、何もかにもを説明されて読んでみると、詩を書く鷗外先生は窮屈なひとだなという印象ばかり残った。翻訳における鷗外は、あんなに自由で、鷗外自身で、言葉そのものなのに。そして私自身が感じてきた詩を書く喜びとは、鷗外の詩の表現からかけ離れたところにあったような気もするのである。

デーメル、クラブントの詩の翻訳はすばらしかった。鷗外自身の詩も知らないものばかりだった。小説よりはやや素直な詩が多かった。もっと早く読めばよかったと思ったが、こうして岡井さんの手で取り出されてみると、枠に入れられた絵画のようで、読みやすいのである。しかし実は、実はですね、ものすごくいいにくいこと、岡井さんにならいえるけど、鷗外先生には絶対いえないことがある。
『沙羅の木を読む日』の中でいちばん衝撃を受けたのは、鷗外の詩にあらず、晶子の詩だった。

岡井さんは晶子を読む。『沙羅の木』の序には「明治三十七八年の戦に、私が満州にゐた頃、与謝野君夫婦と手紙の往復をした。彼二人と私との交通は、戦が罷んでからも絶えなかつた。沙羅の木はそこに培はれた芽ばえである」と書いてある。岡井さんはそこから晶子に興味を持つ。そして「今日、たまたま拡げた『夏より秋へ』から、次の詩を拾った」と書いて、岡井さんは、この詩を掲げる。『夏より秋へ』大正3年（1914）、この詩のタイトルは「XXⅢ　下の巻、二十三番目」のようだ。

　　晶子、ヅアラツストラを一日一夜に読み終り、
　　その暁、ほつれし髪を搔上げて呟きぬ、

「辞の過ぎたるかな」と。
しかも、晶子の動悸は羅を透して慄へ、
その全身の汗は産の夜の如くなりき。

さて十日経たり。
晶子は青ざめて胃弱の人の如く、
この十日、良人と多く語らず、我子等を抱かず。
晶子の幻に見るは、ヅアラツストラの
黒き巨像の上げたる右の手なり。

こんな読書感想文みたいな詩があってたまるかと思ったが、鷗外だってときどき、読書感想文みたいな小説を書いてるんだから、晶子が読書感想文みたいな詩を書いたっていい。この詩が、頭から離れなくて困った。鷗外の詩は離れても、晶子の詩は離れていかなかった。ほんとに困った。

ベルリンは日照りの渇水が続いている。2週間にいっぺんくらい38度や39度の猛暑が来る。来て、1日か2日で元に戻る。元というのは29度や30度、25度や26度のときもある。さわやかな夏だ。さわやかすぎてカリフォルニアのようだ。カリフォルニアでは、朝、空を見上げると、つねに晴れていて、空は底抜けに青くて、ユーカリの葉がかさかさに乾いていた。あー、今日もまた晴れ、今日も水が足りない、足りない水のことを考えて汲々としなければならないと、落ち込み、午前中は這い上がれなかったほどだ。ベルリンの空も青くて、青くて、とても青くて、ボダイジュやブナやカシの葉がかさかさに乾いている。

猛暑のときは、朝、窓を閉めてブラインドをおろす。冷たい空気を家の中に閉じ込める。外の気温が38度39度に上がっても、家の中はそのままひっそり涼しく過ごせる。夜になるとまた窓を開け、冷たい空気を家の中に入れる。

「昔はこんなことはなかったんですよ、こんなのはイタリアやスペインでやるようなことですよ」とベルリンの友人がいうのである。

「もう9年間もこんなおてんきがつづいています。水が足りないんですよ」

外をいっしょに出歩くたびに、私がベルリンの友人に木の名前を尋ねる。彼女は木の名前を答える。そして、いわずにはおれないことをいう。

「水が足りないんですよ」

彼女は日本語を、大きな声で叫びながら、いう。

「かわいそう、水が足りなくて、葉っぱが下を向いている」

「ほら、あんなに萎れて」

リンデン（ボダイジュ）も、カシも。泣きブナも、血ブナも、ロスカシターニエ（ウマグリ）も。

「水が足りないんですよ、水が足りないんですよ」

友人と私は、キッチンでニュース番組を見る。昔は彼女の夫が、ここでこうして彼女といっしょに見ていたのである。私はそういうふたりの生活を、以前ベルリンに来たときに見たのである。今は私が夫の座っていた椅子に座っている。ドイツ語のニュースを見ながら、今、彼女は私に、日本語で教えてくれる。

── 政府にはただで抗体検査を提供するお金がないそうだ。ウクライナの難民が増えすぎて市民にかかる負担が多すぎるようだ。社会がすっかり疲弊しているようだ。ロシアからガスが来

なくなる可能性があるようだ。30％は来るようだ。来なくなるかも
しれないようだ。何もかも信じられないようだ。冬の暖房代は4
倍になるそうだ。原発は再開されるようだ。

「ほら、見て、すごいことになってます、カリフォルニアですよ、
乾いていて、水が足りないんですよ」と友人がいう。
Kalifornienと画面にテロップが出る。
森が燃えている。燃えているのは、どうも見知った種類の木々で
ある。
ヨセミテの森が燃えている。
そのニュースはネットでも見た。何回も見た。何回も見たが読ん
でいなかった。どうにも読むことができなかった。読むのがつら
かった。私は画面から眼をそむけて、ほんとですねえ、ひどいで
すねえ、と相槌を打った。
「水が足りないんですよ、水が足りないんですよ」と友人はくり返
した。

まだベルリンに来る前。「水着を持ってきて」とベルリンの友人
からメールが来た。何に使うんですかと返信したら、「森の湖で
泳ぐ、なければ裸でもいい」と返信が来た。

ある朝早く、ベルリンの友人の家に、車を持つ友人（80代）が
迎えに来た。森の入り口まで車で行き、車から降りて森に入り、
水際まで歩いた。友人とその友人はたちまち服を脱いで水に入
り、泳ぎ始めた。2人とも服の下に水着を装着していた。私は泳
がなかった。
むしろ歩きたい、ひとりで歩いて木や草を見たい、カリフォルニ

アや熊本でいつもやっているように。

そういって歩き始めたのだが、犬が隣にいないのである。森の木々を見ながら歩くのだが、犬が隣にいないのである。犬がいないから心許ない。最初はおずおずと歩いていたのだった。そのうち目が慣れて、木々のすっかり乾いているのが見えてきた。水の中で人々の泳いでいるのが見えるようになった。水草や水鳥に紛れていた。すっ裸の人がいた。高齢者がすっ裸になっていた。

ある水際で、男が全裸で水に入っていった。今は尻しか見えないが、水から上がるときはどうするのだろうと考えながら、私は先に歩いていった。

今度はハクチョウのひなが数羽、成鳥のような体つきをしていたが、灰色の羽毛がふかふかだから、明らかに幼鳥だ。子どもっぽい声で親を呼んでいた。離れたところに白い親鳥が泳いでいた。聞こえているだろうに、聞こえないふりをしてのんびり泳いでいるようだ。親とはいったい、と考えながらさらに歩いて行くと、別の水際で、すっ裸の男が水から出てきた。長いペニスがぶらさがっているのを男は隠しも覆いもせずにすたすたと歩いてきた。

また少し行くと、そこの水際にも男がすたすたと上がってきたが、この男は股の間にちょこんと突起があるだけに見えた。個人差がある。ものすごくある。その差は割礼のあるなしに関わるのかなどと考えながら歩いた。木も藪も草むらも、みじめなほど乾いていた。

数日経ってまた私は、ベルリンの友人とそのまた友人（車を持つ）とでグルーネヴァルトの森に行った。森を歩いた。こうして

私は、裸に慣れ、道に慣れ、木に慣れ、藪にも、雑草にも慣れた。木も藪も草むらも、みじめなほど乾いていた。

ベルリン在住の日本語ドイツ語作家と、6月に会おうといってたが、お互い忙しくて8月になり、とにかくビールかお茶を一杯ということになり、某カフェで会うことに決まり、Google Mapsで調べてみると、バスを乗り継いでらくらくと行ける。最寄りのバス停はKaiser-Wilhelm-Platzである。
見かけによらず用意周到の私は、乗り換えの方法もバス停も、11停留所目に降りることも調べ尽くして、さて当日、前から乗ってみたかった2階建てバスの2階席に座って11停留所を旅しようと考えた。ところが風景に見とれて、数停留所目で数えるのをやめたのが間違いだった。目的のKaiser-Wilhelm-Platzに着かないまま、バスはゆうゆうと走り続け、2階席からの景色は、緑の森から市街地になり、移民の多い地域になり、移民の少ない地域になり、人も住まないような都心になり、前方に未来的な建築物が現れてきたところで、見切って私はバスを下りた。目的地に着かないまま30停留所くらいを旅したようだ。その後は省略する。20分遅れてカフェにたどり着き、「遅れた遅れた」とからかうベルリン在住の日本語ドイツ語作家に遅れた理由を話すと「バス停の名前が変わったんだよね、こないだ、それもほんとについこないだ」と教えられた。
目的地には着かないままだ。

Wikipediaに Kaiser-Wilhelm-Platz の項目があり、クリックするとRichard-von-Weizsäcker-Platzの項目に飛んだ。
Richard-von-Weizsäcker-Platzは2022年までKaiser-Wilhelm-

Platzと呼ばれていた。(略)2020年元統治市長でドイツ大統領のリヒャルト・フォン・ヴァイツゼッカーにちなんで改名しようという動きが新たに出てきた。2021年区議会が改名を決定、2022年3月24日に施行された。(Google翻訳による)
目的地には着かないままだ。

「で、どう、ベルリンは」と聞かれて、私は話し出した。
森のこと。木のこと。石畳のこと。Mohnkuchen (ケシの実ケーキ) がおいしいこと。Maultaschen (ねり粉で肉野菜を包み込んだ料理) がおいしいこと。Pfifferling (旬のアンズタケ) には狂喜していること。
ベルリンの生活はこのようにたいへん楽しいが、そもそも滞在作家というこのシステム、人生を無視したシステムではないのか、作家があちこち移動する、本や家族や犬や猫や室内の鉢植えや庭の花木たちはどうするのか、それでも仕事はできるのか、と彼女に問うと、「それでもドイツの作家はする」と日本語ドイツ語作家はいった。またまたぎゃふんであった。

それから花子、ロダン、リルケ、花子の映画、表現主義の話になった。
その場で花子を調べたら、ドイツ語版Wikipediaに155 cmとあるそうで、そんな馬鹿な、私も155 cmだが、私はこの世代は平均的な身長、あの花子がこんなに大きいわけはない、なんていう話もした。
鷗外の訳したデーメル、彼の詩にはシェーンベルクやウェーベルンが曲をつけている。でも鷗外は聴いてない。そしたらその直前の世代は——? リヒャルト・シュトラウスは——? それなら

鷗外は聴いてる——。マーラーは——？　同世代だがその当時マーラーは今ほど聴かれてなかったと何かで——。「椋鳥通信」を読み始めたが膨大さに負けてまだぜんぜん——。冒頭でヴァーグナーについて何回も言及が——。Marinettiの未来主義の——。

表情を見ながら言葉をやりとりしていると、つまりそれが話すということだが、その場ではちゃんと話していたつもりだが、まとめてみると嘘くさい。こんなに筋道のとおったことをいえたわけがない。そもそもここに書きつけた半分は、考えていたが口に出さなかったこと、あとで考えたことにすぎない。

「私はリヒャルト・シュトラウスとホフマンスタールのオペラがすごく好きなんだよね」とベルリン在住の日本語ドイツ語作家がいった。

表現主義はなんて定義するの？　と私は聞いた。

「ものが空間に飛び出してくる感じ」

ほう、と私は飛びついた。もっといって。

「バラバラに。こなごなに。フラグメント」

もっといって。

「ぶつぶつとした物が、重くなく、膨張していく。そういう資質がある感じ」

なぜそうなった。

「それまでのドイツの物語は大きな物語がトクトクと流れていったから」

それはなぜ。

「20世紀に入って、物質的なもの、物質的なもの、ぶつかり、ぶつかり、でも第一次世界大戦はまだ、という時代」

表情を見ながら言葉をやりとりしていると、つまりそれが話すということだが、その場では納得して理解したと思った言葉だったが、こうして書きとめると、まさしくフラグメントだ。

伐採

熊本では520本の街路樹が伐られようとしている。もう伐採は始まっている。

熊本市の方針。

2024年までに電車通り（熊本市役所から大甲橋の間）で100本伐採する。

第2空港線で161本伐採する。

この261本は処置に急を要する樹木であるということだ。

もう伐採は始まっている。

2029年までに電車通りで155本伐採する。

第2空港線で104本伐採する。

この259本は「熊本市民の理解を得ながら」とある（熊本市域街路樹再生計画素案）。

合計で520本の街路樹を伐採する。

電車通りの街路樹はすべて伐採するが、新規に植える予定もある。それは23本である。

520本から23本を差し引いて497本の街路樹が熊本市内から消える。

私たちはじたばたしている。有志の市民で「くまもとの木と共生するんだモン会」という会を作った。ふざけた名前だが真摯である。草や木の人、野の花の人、切り花の人、鳥の人、星の人、子どもの人、本の人、いろんなところに興味のある人たちが集まってきた。市長あてに手紙を書けばいいと聞けば、みんな一斉に手紙を書き、パブリックコメントを募集していると聞けば、一斉に書いて送った。地元紙に書き、あるいは投書し、中から外から声をあげようとしてきた。その中に、同じ集合住宅に住んでいる隣人がいる。ときどきもらい物やみやげ物をやりとりする。

私が留守のときは、彼が犬の散歩に行ってくれる。ときどきいっしょに酒を飲みながら街路樹の話をする。自然を考える気持ちは同じである。しかし意見は同じではない。

私の意見は、たぶん日本の熊本の中では極北で、自然は一切合切そのままにしておきたい。人の不便はどうでもいい。人がぶち壊した自然を取り戻したい。人の営為が何もかも憎い。かなり不穏なことを考えながら、河原や山を歩いている。その河原も山も、人が作って整備したものだ。でなければ歩くこともできず、近寄れもしない。自然が、というと、人はそういうのである。
「でもこれだって人が作ったものですよ」
まるで、だから、人が、今後もそれを壊し続け作り続けなければいけないみたいに。
人は下がれ、手を放せ。
そう思うが、顔や口には（なるたけ）出さずにいる。

私たちの住む集合住宅は河原端に建っている。ここでも、土手を耕して花壇にしよう、視界を遮るから木を伐ろう、そう考える人々がしきりに動いている。防犯設備を整えて、集合住宅じゅうをLED灯であかあかと照らそうとしている。
夜道を歩くと、この集合住宅だけじゃない、熊本全体があかあかと照らし出されて、星を、宇宙を、憎み、貶めているみたいに見える。
私には、人の心は解らない。
件の隣人は、人の心も解るという。お城が見えるはずの視界を河原に育った木が遮ったら、それを伐りたいという人の気持ちも解らぬではないという。土手を耕し、ジャングルみたいなところ

は刈り込んで、園芸の花々を咲かせたいと人が思う、その気持ちも解らぬではないという。私には、人の心は解らない。

隣人は指摘する。「同じように自然を守ろう、街路樹伐るなと思っている人たちも、それぞれ少しずつ意見は違うんですよ」

そう思う。みんな違う。違うべきなんだろう。違わないと気持ち悪い。そうも思う。

私がベルリンに来る直前だった。YouTubeを作ろう、発信しようと隣人がいいだした。元院生がもう熊本に来ていて、なにしろ詩が書けて、詩が読めて、ドイツ語が読めて、朗読ができるので、YouTubeの編集も手伝うことになった。人のいない生活の寂しさも多少は紛れる。第1回は私がベルリン街路樹事情を話すのである。それができたら続篇、続続篇を作る。そのためによく木々を見て、人々に話を聞いてきてくださいと隣人にいわれた。伐採を阻止する効果はほぼないと思う。どんなに作ってもたいした視聴数は取れないと思う。熊本の人は知らないままだと思う。たとえばこんなふうに。

あるとき用があり、熊本空港へ行く道を走る。ピンクの紐の巻かれた木が多いなと思う。多いなと一瞬思って、そこを過ぎたら、それを忘れる。街路樹伐採の記事が地元紙に載るが、目につかない。されたという記事も載るだろう。それも目につかない。そしてある日そこを通って、いやにさっぱりしたなと思う。木はどうしたんだろうと思う。伐採の現場に居合わせない限り、何が起こったかについては考えない。

木の無いのを見る。信号を見る。車線変更をする。

ブレーキを踏み、アクセルを踏む。

通り過ぎたら忘れる。考え続けることはない。

これが大多数の熊本の人の街路樹に関する関心だ。

その場を通り過ぎると忘れる。それが車の移動である。どこに行くにも車を使い、通り過ぎる。見たことも考えたことも、その場を通り過ぎると、どんな大切な考えもたちまち忘れる。それは私もまったくそうなのである。

森はたたずむ

私は会う人ごとに尋ねている。同じことをくり返し。

──ベルリンは街ではなくて森である。私はこの森と木々が好きだ。しかし木の根によって盛り上がった石畳は高齢者にとって危険ではないか。木を伐ればよいという意見は出ないのか。なめらかな舗装道路にすれば危険が減るのではないか。

ベルリンの友人がいった。「石畳の間から水が沁み入り、沁みわたり、木々の根のためにはとてもいいんです。ビスマルクだって木は国家の宝だといったんですよ、いえ、経済的なことだけじゃなくてね」

ゴミ回収業者を演じる俳優がいった。「石畳の間から水が沁み入るから、木々にとって生きやすい。コンクリートやアスファルトなどで固めてしまうよりずっとよい」。彼はその場でインターネットを検索し、その事実を示すリサーチ結果を見せてくれた。

演劇論を研究する人とは研究所の給湯室で話し込んだ。「石畳の間から水が沁み入って、根が呼吸する」

「こんなことがあった」と彼は続けた。「隣家の木が育ちすぎ、隣人にとっては不便になり、伐りたいと当局に訴え出た。木を伐るときには当局から許可を得なくてはいけない。それで当局から専門家がやってきて、木を調べ、『すばらしく健康な古い木だ、こんな木が敷地にあるなんてあなたはほんとに幸運です』といって帰っていった、こんな話ならざらにある」

歴史を研究する人とは階段で話し込んだ。「私は自転車で来るからこのがたがた道がほんとうに不便だと感じることがある。でもしかたがない。このがたがたの石畳のすき間から水が沁み入って木の根をそだてるんだそうだ。そう思えば石畳に愛着がわく」

図書館の手続きを手伝ってくれた学生アシスタントはいった。「2階建てバスの通る道で、繁りすぎた枝がじゃまになった。そ

れでついに交通局は2階の無いバスを走らせるようになった。
乗客の多い路線でバスは混雑したが、木を伐れとは誰もいわ
なかったそうだ」

——路上に落ち葉が散乱し、路傍に雑草のぼうぼうと生い繁る
この光景を見たら、たいていの日本人は、手入れが悪い、汚い
と思うだろう。日本人が雑草ぼうぼうの生き方を受け入れるには
どうしたらいいか。
美術史をやっていると自己紹介された人の専門はエコロジーに
関する社会ムーヴメントだった。「雑草の生えた状態こそhip で
ある、coolである、今どきはこうでなくてはいけないのである、と
思わせることはできないか」

ある人と出会った。ひとりの女。オークの木のように背が高く、
オークの木のように髪が繁り、そして日本学の研究者だった。も
とよりベルリンには日本近現代文学の研究者である友人を頼っ
て来たのだからして、ここで知り合う人々は日本学の研究者だら
けなのだが、この人とは研究所主催のイベントで会った。
イベントはヴァンゼー、ヴァン湖の畔の文学館で行われ、あるドイ
ツ語の作家と私が対話するという企画だった。テーマは森や
木ではなく、親の記憶を書くこと、私小説というもの、自伝的な
小説というもの、小説とエッセイの違い等についてだった。

イベントが始まる前に彼女と立ち話した。日本学の研究者だと知
らなかった。それで英語で話しかけた。彼女は私の問いに英語
で答えた。それで、それからの私たちの会話はつねに英語であ
る。彼女は恥ずかしがっているように、視線をやや私から反らし

て話した。背が高いから、私と目を合わせようとしても、視線がどうしても私を通り越し、はるか向こうの方で、焦点を結ぶのかもしれなかった。

「ドイツは各土地によって考え方が違う。今、私たちはこの状態を持っている——木々は道々に覆いかぶさり、路端にはびっしりと雑草が生えている、という。これは、ここがベルリンで、ベルリン市には整備のための予算がないから。そして人々がこの状態にすっかり慣れているから。よその地方では、今でも整然と整えられていて、人々はそういうのが好きだ」

「ドイツ人が昔から森と共生してきたわけではない。昔のドイツ人もまた、森といってイメージするのは整然とした森だった。私たちは失敗しながら手に入れてきたのだ、自然な森と共生する方法を」

この人は森を知っている。森に行き、実際に歩いて、木々を見ている。そう私は感じ取り、もっと知りたいと思った。彼女の見た森について。

あの、木みたいな、森みたいな、人は誰ですか、名前を聞いたけど忘れてしまった、と私はベルリンの友人に聞いた。

「ああ彼女ですよ。この本を出した」

日本を紹介する大著だった。何もかも網羅してあった。「舞姫」も「巣鴨のお地蔵様」も「屋久島のスギ」も。私は友人に連絡先を聞いて連絡を取った。

森の人、と仮に呼ぶ。森の人はすぐに返信をくれた。彼女の提案はこうだった。

1）喫茶店で話す　2）喫茶店で待ち合わせて周辺を歩く　3）

喫茶店で待ち合わせ、夫の車で森を歩く

その積極性は少し意外で、もしかしたら木というのは案外人な
つっこい生き方をしているのかもしれない、だってあのペー
ター・ヴォールレーベンは、森の中で木同士が助け合って生き
ている様を活写していたではないかなどと考えながら、まだ私は
人であったので、しばしためらい、結局、1）を選択した。

セイヨウトチノキの下で、森の人と待ち合わせた。いっしょに喫
茶店に入るつもりだった。喫茶店でよく知らない人としゃべるの
は気が重い、重い重いと思いながら、セイヨウトチノキの下で、
彼女と会った。セイヨウトチノキの葉はちりちりに焼け焦げてい
た。

ベルリンに来て以来見かけるセイヨウトチノキはみなこんなふう
だ、暑さと日照りにやられているのかと私が聞くと、「いやこれは
蛾の害、どの木もみなやられている、この蛾の害なのだ」と森の
人はいった。

くり返すが私たちの会話は英語なので、繊細な語尾や敬語使い
はもとより使われていないし、こうして日本語で表記する際にも一
切を省いてある。

蛾の幼虫はどこにも見えないと私がいうと、たちどころに彼女は答
えた。

「小さい、とても小さい。Rosskastanienminiermotteという蛾で、
葉の中にもぐりこんで、樹液を食って成長する。葉にもぐりこむか
らMinier（坑夫）motte（蛾）。ドイツ語でも英語でも、それが名
前の由来だ」

セイヨウトチノキハモグリガ、と私は日本語に翻訳した。もちろ
ん手元のスマホとWikipediaと翻訳ツールを使って。

「彼らは暑さと乾燥に適し、寒さにも強い。彼らに侵入されると、葉は焼け焦げたように斑らになる。木全体がそうなる。夏の盛りに葉が落ちる。秋のように。他の木々が緑のときに。トチノキの葉が、ああいう、人の手を大きく広げたような形であるから、私は考える、人ならば」と彼女は言葉を切って、

「人ならば、急激に老化するような現象である」といった。

「新しい葉が生えてまた侵入される。このサイクルが何度もくり返される。しかし木は死なない。木は生き残る、くり返し蛾に侵入されても。そして翌年には正常に繁り始めて、また侵入される。ハモグリガにやられたからといって、木を伐採し、除去する理由にはならない」

以下は、森の人の話をまとめたもの。

「3、40年前にWaldsterbenが問題になった。

Wald（森）sterben（死）。

森で木々が立ち枯れた。それは、酸性雨による、気候変動による、虫や病気による。誰もそれを止める方法を知らなかった。そのとき森林官のグループが、何もするなといい始めた。誰も他に手段を知らなかったから、その意見が通った」

抵抗はなかったのか？　自然をそのままにすることに対する不安は？

「もちろん抵抗はあった。国有の森もあるが、個人所有の森もある。国有林の周辺の土地を所有する人々もいる。彼らは森から金を得ることを考える。しかし森林官たちの決意は揺るがなかった。時間が経った。効果があらわれてきた。そして人々が慣れてきた、自然な森に。木々が、木々の論理に従い、伸び繁り、古木になって枯死し、倒れて苔生し、分解されてゆく。そういう

森だ。そして2010年代、かれらとは別の森林官が1人、活動し始めた。2015年、彼の書いた本がベストセラーになって人々の意見を変えた。決定的に」

『樹木たちの知られざる生活』ではないか？　彼も森林官ではなかったか？

「そのとおり、ペーター・ヴォールレーベンその人」と森の人はいった。

「私たちが外国に行くと、人々にいわれる、ドイツから来たんですか、森があるところですね、ドイツの森は美しいですね」と森の人は続けた。

「しかし私たちが初めから森を持っていたわけではない。

昔、ドイツの人々は他の国の人々と同じように森の木々を伐り倒した。畑地を作り、木材を使った。人々は、木がなくなると移動して、次の森を伐り開いた。やがて人々は大がかりに森の木々を伐採するようになった。そうして森は無くなった。やがて王様たちが森を作り始めた。狩り場を作るために。それからロマン主義の時代が来た。人々は思い出した、森を。自然の森を。

ロマン主義の後期、グリム兄弟たちが集めた民話には森が出てくる。暗くて、倒木や朽木があって、藪があって、ぬかるんで、人が足を踏み入れられない、魔女や魔物がそこで生きている、人が迷い込み、彼らと出会う」

「こういう森だ」

森の人は、自分で撮った写真を見せてくれた。倒木があった。倒木が倒木に重なって宙に浮いているようなのもあった。沼に沈んでいるのもあった。ねじまがった木があった。下生えが写っ

ていた。木の皮の大写しもあった。1本の木をいろいろな角度
から撮ったのもあった。
「私の森がある」
彼女は声を落として、つぶやいた。
「ここから少し離れたところ」
「グルーネヴァルトのあなたの歩いているところよりずっと南。そも
そも人はあまり行かないところ」
「私の森、と私は呼んでいる。もう10年以上、そこに通っている。
あなたをそこへ案内したい」
そして私たちは、数日後に、彼女の夫の車で、森へ行くことを約
束した。

下宿に、ベルリンの友人の家に帰り、森の人から得たばかりの
情報、なまなましい記憶を話すと、彼女はいった。
「あの頃、1980年代の初め、『森の死』が問題になりはじめたと
き、マティアス・クラウディウスの有名な詩の一節が主な新聞に
掲げられて、人々を動かしたんですよ」
そして詩を暗唱した。

Der Wald steht schwarz und schweiget.

「『森は、立っている、黒く、そして無言で』っていう意味で、
『森の死』についていってるわけじゃないんですけど、その1行
だけ取り出されて、新聞の広告に大きく使われたんですよ、あ
れは、ほんとに効果的に、感情的に、人の心を動かしたんで
す」
それで、探し出してみた。

「夕べの歌」マティアス・クラウディウス（1740-1815）。その冒頭。

> Der Mond ist aufgegangen
> Die goldnen Sternlein prangen
>   Am Himmel hell und klar:
> Der Wald steht schwarz und schweiget,
> Und aus den Wiesen steiget
>   Der weiße Nebel wunderbar.

> 月が昇った
> 金色の星が輝いて
>   明るく晴れ渡った空。
> 森は黒く、静かに佇んでいる。
> そして草原から
>   白い霧が見事に立ち上がる。（DeepL 翻訳）

> 月が昇った
> 小さな金色の星が輝きます
>   明るく澄んだ空に：
> 森は黒く静かに佇み、
> そして牧草地から立ち上がる
>   白い霧が素晴らしい。（Google 翻訳）

「明るく晴れ渡った空」ではどうしても青空に思える。「明るく澄んだ空」なら少しいいか。どうも納得できなくて英訳にしてみた。

The moon has risen

The golden stars are shining

   In the sky bright and clear:

The forest stands black and silent,

And from the meadows rises

   The white mist rises wonderfully.

するともっとわからなくなった。ブライトでクリア、ドイツ語原文で
いえば、hell und klarはどこにかかるか。空か、星か。それぞ
れの動詞の時制は何か。星は単数か複数か。単数ならば金
星か木星だろう。それなら満月の空の可能性もある。複数なら
ばもっと夜遅く、下弦の月の出た頃の空じゃないか。
　ちょうどLINEでやりとりしていた在東京のドイツ語の翻訳者でも
ある日本人の友人に聞いてみた。「ちょっと待って、文法みたい
な込み入ったことはメールの方が書きやすい」と返事が来て、す
ぐメールが来た。

「hell und klarは副詞として、prangen（現在形動詞）にかかる。
wunderbarはsteiget（現在形動詞）にかかる。aufgegangenは
aufgehenの過去分詞です。『月が昇った』、その状態は現在完
了形で表されています。動詞の語尾がtで終わっているものは3
人称単数形。月はすでに昇り、あとのもの『金色の星（複数
形）』と『森』と『白い霧』は現在形で現れてきているわけです。
星は縮小語尾（小さくてかわいらしいもの）をつけて複数です」

wunderbar/wonderfulの語幹であるwonderの意味を調べると、
marvelous　おどろくような

miracle　奇跡のような

astonishing　信じがたいほどおどろくような、仰天するような。

マティアス・クラウディウスの生きた時代を考えれば、宗教的な
驚き、表現であってもおかしくはない。その日本語訳が、擬古文
であってもおかしくない。たとえばこんなふうに。

　　月は出でぬ
　　み空には金の星
　　　明くさやかにかがやきぬ
　　森はたたずむ　黒く黙して
　　野にたちのぼる
　　　白き狭霧よ　神秘のきはみ

森の中へ

その日、夕方5時に、5時というと8月のベルリンではまだまだ日暮れまでに3時間以上ある、そんな時間に、森の人と私は、れいのセイヨウトチノキの木の前で待ち合わせ、森の人の夫の車に乗り込んだ。

「私の森へ」と森の人はいった。

「私たちがこれから行く森はいつもあなたが行く場所よりずっと南にある。湖は近くにないが、運河の流れは近くにある。そしてそれが重要な点だ」

森の人の夫の車。BMWだった。この暑さがもう何年続いているだろうという話になった。

「私たちはこの車を買ったのだ、10年前に。私はよく覚えている。私たちは雪のあるところに遊びに行こうと考えた、それで雪道仕様の車を買った。ところがそれ以来、雪が一度も降らない」と森の人の夫が笑いながらいった。「私たちは忘れない、車を買ったときからだから」と森の人も笑いながらいった。

森の夫の運転する車。バスの終点を過ぎ、大きな通りに出た。ベルリンからポツダムに通じる幹線道路で、道の中に道がある。中の道は王様が通るために造られたそうだ。中の道の両側に街路樹があり、両側の道にも街路樹がある。木はアイヒェン Eichen である。

Eichen をなんと訳すか、ラテン語なら Quercus で、英語ならオーク Oak である。それにあたる日本語をすぐに思いつかない。カシといいたくなるが、それは違う。Quercus たちの中で、常緑樹はカシと呼ぶ。落葉樹はナラと呼ぶ。カシワに似ている。しかし少し違う。ミズナラにも似ている。やはり少し違う。たぶんいち

ばん正確な訳が、セイヨウナラだ。

通りの名前は「セイヨウナラの下で」という。ベルリンの中心部には「セイヨウボダイジュの下で」という有名な道がある。

その王様は18世紀のプロイセン王だ。名前は何度も調べたが、調べるたびに忘れてしまった。でもなんだっけと調べるたびに、違う戦争に遭遇したのだ。

1864年にプロイセンとオーストリアがデンマークと戦争した。
1866年にプロイセンがオーストリアと戦争した。
1870年にプロイセンがフランスと戦争した。
1871年にドイツ統一して、プロイセン王がドイツ皇帝になった。
1884年に鷗外がベルリンに着いた。

森の夫が車を停めたのは住宅地の端だった。

「私は感じた、この森に初めて足を踏み入れたとき、それはとても不思議だった。何かが違う、この森は。私はそう感じた」と森の人がいった。

「私は思う、そう感じた理由のひとつが、この使われなくなった道路であり、〈壁〉のせいであったと」

私たちは車を降りて、小さな出入り口から森に入った。手入れなどされていないような木々があり、道が続いた。それを抜けたらぱっと開けた。

道路の跡がある。使われない陸橋がある。陸橋は極彩色のグラフィティに埋め尽くされている。道路の跡は鮮明になったりぼやけたりしながら続いていくのである。

私たちは道路の跡をたどっていった。ところどころにコンクリート
の土台が残っていた。「〈壁〉の跡だ」と森の人がいった。

1961年8月12日土曜日の夜から13日日曜日の間に突然〈壁〉
が作られた。西側の人たちも東側の人たちも何も知らされてい
なかった。こんな話がある。と森の人と夫が口々にいった。
ある若者が東ベルリンに住み、西ベルリンで働いていた。その
日、上司に葉書を書いた。「今日は出勤できませんが、木曜日に
は大丈夫でしょう」と。もちろんそれっきり帰れなかったという話。
〈壁〉が作られた直後に、東側の兵士が、ヘルメットをして銃を
かついだまま、〈壁〉を、そのときは鉄条網だった、踏み越えて
亡命したという話。
「私は見た、〈壁〉直後の、女たちの写真を、彼女らは、鉄条
網の〈壁〉をはさんで嘆き、呼び合っていた」と森の人はいった。
「61年前の8月、女たちは着込んでいた、厚いコートを。ベルリ
ンはその頃、夏でもそんな気候だった」

「こっち、こっち」と森の人が道からはずれる小道を指した。そ
の先には野原があった。空間の多い場所だった。
「見せたかったのだ、これを」と森の人がいった。
「ここに内側の〈壁〉があった。あそこに外側の〈壁〉があった」
森の人は指し示した。
「彼らが〈壁〉と〈壁〉の間に毒を撒いて植物を枯らした、よく見
えるように。遮るものがなくなるように。西側に渡ろうとする人たち
を」
空間の多い、がらんとした野原だった。
「あのあたりに見張り塔があった。照明があった。夜も明るかっ

た、動くものはなんであれ撃たれた」

木が生えていなかった。草は生えていたが、枯れていた。それ
は数年来の日照りと渇水のせいである。低木の葉はしなびてい
た。シダの群落は枯れ果てていた。それも日照りと渇水のせい
である。

その先には橋があり、橋の手前には記念碑があった。
「ヘルマンD。1922年10月28日に生まれ1965年6月15日に
射殺された」

ヘルマンDは西ドイツのビジネスマンで、エルケMと2人で
モーターボートに乗ってヴァン湖から（いくつもの小さな湖を通っ
て）グリエブニッツ湖に向かうつもりで、テルトウ運河に入り込ん
だ。木々に遮られて視界は悪かった。橋のあたりは運河全域
が封鎖されていた。2人の兵士が見張り塔から彼らを監視して
いた。1人が狙撃を開始した。エルケはボートをUターンさせ
て西側に向かったが、それまでにヘルマンは4発の銃弾を、膝、
腹部、頭に受けて即死した。エルケは頭に傷を受けて、生き
延びたが後遺症が残った。

ひびの入った舗装道路がある。その上にPKW（乗用車）とBUS
（乗合自動車）の字が書かれてある。薄れているが読める。こ
の先に検問所がある。

テルトウ運河がのどかそうに流れている。両岸には木々が繁っ
ている。運河はハーフェル川とダーメ川をつないでいる。ダーメ
川からオーデル・シュプレー運河につながり、それからオーデル

川、ポーランド語でオドラ川と呼ぶ川につながり、ポーランドの
国土につながるのである。

森の中に1本のリンゴの木があり、実が生っていた。みかんの
木やオレンジの木なら熊本でもカリフォルニアでも見慣れている。
でもリンゴの木にリンゴの実が生るのを見るたびに、あり得べか
らざるものを見たような気になって、私は驚く。森の人がいくつか
もいで、夫と私に手渡した。私たちは食べながら歩いた。運河
の岸に沿って歩いた。河べりならどこにでもある北米原産のキク
科の草々が、みじめに立ち枯れていた。

「見ろ。これがここに埋められてある。向こう岸から見えないよう
に。見張りの兵士がここに入って彼らを見張る。そして撃つ」と
森の人がいった。
そこにあったのは、細長いドラム缶を縦割りにしたようなもので、
グラフィティの続きがなぐりがきに描いてあった。私は中をのぞき
込んでみた。突起がついていたが、座るための突起ではなくて、
足を置いて立つための突起だと思う。ここに立てば、姿のほとん
どはドラム缶（のようなもの）に隠れる。待つ人は、その突起に
足を置いて、夜じゅう立って、運河をみつめているのである。そ
の頃は、検問所に、枯れ野に、この岸にも、照明塔が建てられ
ていた。あかあかと照らしていた。少しの動きも見逃さない。向
こうに泳ぎ着く前に必ず撃ち殺さなければならないのである。

森に入ると、マツがあり、シラカバがあり、ブナがあった。
「私はしばらく来ていなかった、この森に」と森の人がつぶやい
た。

「私には聞こえるのである」
何を、と聞くと、あなたは信じないだろうというような顔をして、彼女は続けた。「木の声が。木々の苦しみが」
信じるどころじゃない。私にも聞こえてくる。聞こえて聞こえて、聞こえ止まないのである。

森の木の種類が街路樹とはずいぶん違うというと、「個人所有の土地もある。所有者はより高く売れる木を植える」と森の人がいった。自然に生えた木はどれかと聞くと、「ない」と簡潔な答えが返ってきた。
「まったく、ぜんぶ、すべて、植えられている」と森の人は続けた。「しかしもし」と強調し、「もし人が手を入れなかったとしたら、おそらくブナの木が多くなるだろう」
「これがブナ」と森の人はのっぺりとした幹の木を指さした。
「ブナの木は高く売れる。それで所有者は植えたがる。そして今、ブナの木たちは不幸せだ、この日照りで渇水の気候に合わなくなって、枝葉を萎れさせ、垂れさがらせている」
「シラカバはさらに不幸せだ。もともと北の方にあるべき木々だ」
その不幸せなシラカバの幹が白々と並んでいた。丸い葉が木の高いところについて、いかにも水気が足りないようにぱさぱさと垂れ萎れているから、遠目で見ると、ユーカリの立木に見えた。カリフォルニアで、ユーカリはこんなふうに生えて、水気の足りない葉をぱさぱさと垂らしていた。
「悲しい。悲しくてたまらない。私には感じ取れる、木々が苦しむ、渇いて苦しむ」と森の人がつぶやいた。
シラカバの生えた一帯は、まるでカリフォルニアの、あの何十年も何十世代も、ただ乾き続けて、水の足りたことがなくて、ヤマヨ

モギとセージくらいしか生えなくて、銃を持つしかなくて、殺伐としている光景に見えた。

森の奥にはハリエンジュがいたるところに生えていた。北米原産のこの木は、いつか植えられたわけだけれども、何十年もこの森の奥で繁殖していたに違いなかった。いろんな段階の木があった。生え出たばかりの芽があった。幼木があった。ねじれてひね曲がった老木があり、倒木があり、朽木があった。

ハリエンジュが1本、あるいは2本、枯れて、根こそぎ倒れて、別の木の上にうち重なり、その木が伸びるに従って宙に浮き上がり、やがてその木も枯れて、乾いて、黒ずんで、大きなとげを突き出したまま、取り残されていた。

美しい、とても美しい、と私がいうと、森の人がうなずいてこう続けた。

「美しいのは何か。木か、死か、その裏返しの生か」

ハリエンジュがブナやマツやシラカバに取って代わろうとしているようだ、と私がいうと、「ロビニアは」と人間の友人の名前のように森の人はいった。ロビニア・ニセアカシア。それがハリエンジュの正式な名前である。

「パイオニア植物だ。土地が開かれる、彼らがまずやって来る。彼らは日照りや渇水にも適応するからさらに増える。ベルリンの街の中でもどんどん増えている」

ベルリンの〈壁〉が崩壊したとき、どこにいたか、と私は聞いた。

「私は日本にいた」と森の人がいった。

「私はベルリンにいた」と森の人の夫がいった。

「若い頃、私は兵士だった。徴兵されて兵隊にいった。そこで私はたたき込まれた、東の人たちは敵である、と。私はよい兵

士だった。よい兵士は教えられたことを信じた。1989年、私は
ベルリンにやってきて1年目だった。〈壁〉が壊れて東の人たち
がどんどん入ってきた。敵が。状態の悪い、煙を吐き出すトラ
バント（東独製の車）が道を埋め尽くした。私は感情を処理で
きなかった。それに対して、反感すら覚えた。長い時間がか
かった、私が私の中で納得するまでに」
　森の人のいかにも誠実な夫は、言葉を丹念に選びながら、自
分のほんとうに感じたことを私に伝えようとしてくれた。

　いずれ木々は枯れる。違う木が取って代わる。何に。何だろう。
私たちは話しながら歩いた。
「そのひとつがロビニア・ニセアカシアである」と森の人がいっ
た。北米原産の、とげにおおわれた木だ。すでに着々と取って
代わろうとしている。
　それからさらに攻撃的に進んでいくならユーカリではないか、と
私がいった。オーストラリア原産の、木の皮や葉や枝が、間断
なく剝がれて落ちる木だ。
「そう近くない将来、この森から、ブナやナラやマツが消えてなく
なる」と森の人はいった。
　カリフォルニアのような風景になるのだろうか、乾いた、荒れた、
殺伐とした、と私はいった。
「たぶんそうなるだろう」と森の人がいった。「乾いて、つねに暑
くて、日がぎらぎらと照りつけて」
　そうなったらそうなったで私は好きだ、何もない、死もない、生も
ない、行きつくべき地球の在り方に思える、と私はいった。
　しばらく無言で歩いた。
　シラカバが枯れ、ブナが枯れ、ハリエンジュが生えた森の奥

だった。

がさがさと足元を鳴らしながら歩いた。

You know, と私は話し出した。私の住んでいたカリフォルニア
はユーカリだらけで、公園や大学の構内や線路脇や、そういう
公共の土地はユーカリだらけになっている。ユーカリは、木の皮
や葉や枝が間断なく剝がれて落ちる木だ。ユーカリはオースト
ラリアから移植されてカリフォルニアに増えた。オーストラリアに
行ったとき、まるで家に帰ったように感じた。でもオーストラリアの
ユーカリの森には、カリフォルニアのユーカリの森に無いものが
ある。オーストラリアではユーカリの木々の間からカンガルーが
私たちを見つめる、知っているか、と私はいった。

「知らない、私はオーストラリアには行ったことがない」

そこの風景はカリフォルニアとそっくりなのに、カリフォルニアには
いないカンガルーがいる、私が彼らを見つけたときには、もう彼
らのすべての目という目が私を見ている、一斉に、と私はいった。

森の人は声をあげて笑った。

「目という目が、見ているのか、私を」

森の夫も笑った。

「目という目が、見ているのか、私たちを」

私たちは一斉に笑った。

そうそう、そこの藪から、木の陰から、地面の中から、木の上か
ら、目という目が一斉に見ているのだ、私たちを。見られている
のだ、私たちは。

森の人は笑いながら、さらにいった。

「あははは、目という目が。あはははは。目が。この森の中がそう
なったとき、そのとき私たちを見ている目はだれのだろう」

8月3日は暑かった。でもたいしたことはなかった。32度か33度くらいだった。8月4日はもっと暑くなる、37度か38度になるという予報だった。

8月4日の未明、グルーネヴァルトの森で爆発が起こり、火事が起こった。

森の中に不発弾や摘発された不法花火が集められて保管されているところがある。第二次世界大戦のときの不発弾がよく見つかる。ときどきフリーウエイを封鎖して爆破処理をする。それが爆発した。周囲の不発弾の爆発をつぎつぎに誘発した。炎は、みじめなほど乾いた木々をなめ取り、広がった、たちまち。電車は止められた。自動車道も閉鎖された。森は燃えた。ときどき不発弾が爆発した。それでますます消火作業が難航した。森は燃え続けた。

私は明け方に起き出して、ベランダに出た。知っているにおいがした。いつかカリフォルニアで嗅いだことがあった。

そのとき、近くまで山火事が来た。山火事ならいつも起きているが、そのときは、ごく近くまで。大気は煙って、霧か靄の中にいるようだったし、灰や木の燃えかすも混じっていた。人々はどこかから調達してきたマスクをしていた。十何年も前の話だ。あの頃はマスクなんて誰もしなかった。そのとき人々がつけていたのはガスマスクみたいな仰々しいやつで、そんなものをつけた人たちとショッピングモールですれ違ったりした。近所のグラウンドには避難してきた馬が何頭も放されていた。夜の間じゅう東の空が明るんだままだった。東の方角が内陸部で、そこが燃えていたのだった。炎の先端がちろちろ見えた。異世界に紛れ込

んだような心持ちだった。

今ここで、森の火事は、街の森に遮られている。においは嗅ぎ取れるが、火は見えない。

夜のニュースのときに友人が叫んだ。

「見て、すごいですよ」

ニュースの映像は離れた場所、しかも高い場所から撮っていたのだった。

まっ黒な塊があった。周囲にはてんてんと光が散らばった。そのまっ黒な塊が森だった。散らばる光が街の灯だった。まっ黒な塊から火の玉が飛び出して爆ぜ返った。ぱぱぱぱと破裂音が鳴った。大量の不法花火は一斉に打ち上がった。ここぞとばかりに。

「たまやあ、かぎやあ、とこういうときにいうんでしょう」とベルリンの友人がいった。

テレビのニュースで。

ベルリン市長が現場で話していた。「まだわからない、きっかけが何だったのか」といっているのだと友人が通訳してくれた。市長は白いブラウスを着た女だった。「彼女は論文を盗用したというスキャンダルがあって、大臣を辞めたんですけどね、それでも市長の選挙に勝ちました」と友人が説明を加えた。

ベルリンはひどく乾いて暑かった。それで市長は、あんなに薄くて白いブラウスを着ているのだった。人々がうしろでしきりに動いていた。

夜のニュースは生中継だった。

現場でベルリンの消防局長が話していた。「約15,000平方
メートルが燃えている。地表は800度にもなっている。そこに近
づけない」といっているのだとベルリンの友人が通訳してくれた。
消防局長は赤い服を着て、レポーターに何かを問われて話し
始めるたびに、長いネックレスが彼女の胸元で揺れた。私はそ
のぞろりとした赤い服と長いネックレスから目が離せなかったの
である。朝のニュースでは市長が白いブラウスを着ていた。夜
のニュースでは消防局長が赤い服と長いネックレスをしていた。
私にはこれが、ベルリンの街と、ベルリンの女たちの、これまで
に成し遂げてつかみ得たものの象徴のように思えた。

その時、大きな破裂音がした。
画面の中の人々がざわめいた。
ぱぱぱぱ、ぱぱぱぱと爆ぜたのである。
カメラは振り向いてそれをとらえ、ほら、よくある、打ち上がって
広がってざあっと滝のように流れ落ちてくる花火、ああいう映像
が一瞬流れ、また消防局長の顔に戻った。
赤い服と長いネックレスの女は、両手で口をおおった。
女は手の裏で口を開けた。
それで眼がよけいに見開かれたのである。
画面がぱぱぱぱと光った。

壁の中へ

8月13日は土曜日で、ベルリンの友人が、「その日は時間が取れるから〈壁〉を見に行きましょう」といった。

私が自分からは動かないのに業を煮やしたようであった。

「〈壁〉を見に行きましょう」

私が森から帰って〈壁〉の話ばかりしていたからだ。

「〈壁〉はいくつもあるんですけど」と友人はいった。

「ベルナウアーの〈壁〉の跡。記録館。チェックポイントチャーリー。それからフリードリヒ通り駅の涙の宮殿。そこは何回も通りましたね、通るたびに時間がなくて通り過ぎちゃいましたけど、今日は中に入りましょう」

8月13日は土曜日で、時間もないことだし、家を出てSバーンに乗ってベルナウアーの〈壁〉の跡に向かった。そしたらたまたま記念日だった。1961年8月12日から13日の間に〈壁〉が作られたのである。式典が行われていた。人が多いかというとそうでもなく、関係者、政府の人たちのための車が並び、花輪がうずたかく積まれてあった。

「去年なら60年目ですごかったんでしょうが、今年は静かですね」

私たちは記録館に入った。館の表にはウクライナの国旗が掲げてあった。

展示の中に、森の人の話していた写真があった。8月13日、女たち、作りかけの〈壁〉の向こう側とこっち側で嘆き合っている写真。女たちは秋の終わりに着るようなコートを着ていた。

「昔はこれでよかったんですね、今は、ほら見て、私たちの格好」と友人がいった。彼女も私も夏着で、裸足で、サンダルば

きだった。

記録館の階段は外付けで、まるで監視塔のようだったが、どこかの古い教会の塔の中を上まで登るような心地もした。階段が上までくるくると続いた。私たちは、記録館の外付けの階段を最上階まで登りつめた。そこから〈壁〉の内側が見下ろした。さっきまで、あっち側にいたのである。

あっちの中側から見た〈壁〉は、特撮技術でも使わなければよじ登れそうになかった。やっと登り切ったと思っても、コンクリ造りの笠木が覆いかぶさってくる。太くて丸くてつるつるで、足がかりも手がかりもない。そこを照明が、あかあかと、あかあかあかと、彼を、彼女を、照らし出し、監視塔から、兵士が撃ち殺したのだろうと、私のみならずそこに登って見ていた人はみな考えたはずなのである。撃ち殺した人はどういう気持ちで引き金をひいたのか、撃ち殺された人はその瞬間どういう気持ちだったか、みな考えたはずなのである。

ベルナウアーの〈壁〉の跡と〈壁〉の記録館を見るのには、予定より時間がかかった。次に連れていかれたのはフリードリヒ通り駅の前にある涙の宮殿。「時間がないからさっと見ましょう」といいながら中に入って、さっと見てさっと出た。そこから「時間がないからさっと食べましょう」とスシ屋に歩いて行く途中で、友人が「時間がないけど、ここは見せたかったんですよ」と立ち止まったのである。ナチス時代の焚書跡であった。地面に作られたガラス窓のガラスが汚くて中が見えなかった。本の1冊も無い光景が見えるはずだった。それから友人は「時間がないけど道を渡りましょう、これも見せたかったんですよ、ケーテ・コルヴィッ

ツの彫刻」と私を急かせて道を渡り、入っていったのがノイエ・ヴァッへ。無名兵士の墓。
鳥居を重ねたような建物の中で、母が死んだ子を抱えてうずくまって泣いていたのである。

ベルリンの友人にいわれるまでもなく、私には時間がなかった。友人にもなかった。8月15日は日本の終戦記念日で、日本時間の夜、日本のラジオ局の番組に、オンラインで出る予定だった。16日は友人とふたりで、北ドイツに行く予定だった。そして10日間、そこでゆっくりと過ごす予定だった。それからベルリンに戻って、2日後には、友人が企画し構成し、私が朗読する鷗外のイベントがあり、その2日後にはもうベルリンを発つのだった。

北ドイツへの旅はここに来る前から予定してあった。今ではあのシラバス、もとい計画書から、ずいぶんかけ離れてしまったが、まだベルリンに来る前のことだった。Skypeでベルリンの友人と話していたとき、ハンス・ランドの「冬の王」みたいな風景を見てみたいんですと私がいったら、彼女が画面の中で「あ」と小さく叫んだのだった。
「それならいいところがある。北ドイツの小さな村。夫と私が毎年通っていたところ。そこが『冬の王』みたいなところなんです。海の近くで、風が強くて、木がみんな風で曲がっていて、まわりには何にもないんです。デンマークはすぐそばにあります」

ラジオの番組は、或る小説家の企画進行で、第二次世界大戦に関する文学を読みながら戦争について考えるという番組だ。毎年この時期にやる。もう5年目になる。私は第1回目から関

126

わっている。小説家が小説を選んで朗読する。それについて話し合う。私は詩を朗読する。

今年、小説家の選んだのは、太宰治の「十二月八日」と「惜別」だった。それで私は予習をしている。

「十二月八日」は太平洋戦争の始まった日を（太宰らしき男の）妻の視点から書いたもの。

「惜別」は留学時代の魯迅を魯迅の友人の視点から書いたもの。高校生の頃太宰にハマり抜いていた私だが、「惜別」は読んでいなかった。読みにくかった。今も読みにくい。今読んでみて、おもしろいかといわれればそうでもない。でも、おもしろくないかといわれればそうでもないのだ。

読むうちに気がついたことがある。「惜別」は、太宰による鷗外のまねじゃなかろうか。ドイツ語の差し挟み方なんて鷗外先生をからかっているとしか思われない。たとえばこんな箇所。話しているのは若い頃の魯迅。ながながと引用します。

> 「本当です。父が死んでから、一家はバラバラに離散しました。故郷があって、無いようなものです。相当な暮しの家に育った子供が、急にその家を失った場合、世間というものの本当の姿を見せつけられます。僕は親戚の家に寄寓して、乞食、と言われた事があります。しかし、僕は、負けませんでした。いや、負けたのかも知れない。der Bettler,」と小声で言って煙草を捨て、靴の先で踏みにじりながら、「支那ではね、乞食の事をホワツと言うのです。花子と書きます。乞食でいながら、Blumeをanmassenしようとするのは、Humorにもなりません。それは、愚かなEitelkeitです。

そうです。僕のからだにも、その虚栄のBlutが流れている
のかも知れない。いや、現在の清国の姿が、ganzそれで
す。いま世界中で、あわれなアイテルカイトで生きているの
は、あのDameだけです。あのGansだけです。」
　熱して来るとひとしお独逸語が連発するので、にわか仕立
ての社交家もこれには少からず閉口した。私には江戸っ
子弁よりも、さらにさらに独逸語が苦手なのである。窮した
揚句、
「あなたは、お国の言葉よりも、独逸語のほうがお得意のよ
うですね。」と一矢を報いてやった。何とかして、あの独逸
語を封じなければならぬ。

「何とかして、その独逸語を」と、太宰が鷗外先生に向かって
（てれながら）話しかけているようだ。太宰は、小説「女の決
闘」の冒頭で、鷗外全集第十六巻翻訳篇についてこう書いてい
るのである。

　　まだ読まぬ人は、大急ぎで本屋に駈けつけ買うがよい、一
　　度読んだ人は、二度読むがよい、二度読んだ人は、三度
　　読むがよい、買うのがいやなら、借りるがよい。

　皮肉やはぐらかしではなく、ここだけは太宰の真心のこもった感
想であると思える。そもそも太宰の「女の決闘」にしてからが、
鷗外訳オイレンベルクの「女の決闘」のリミックスだ。ドイツ語
を多用する癖をからかいはしたけれども、太宰は、太宰なりの
最大限の敬意を鷗外先生に表しつつ、「渋江抽斎」のようなも
のを書こうとした。そしたら「惜別」になっちゃったのではあるま

いか。

私の予習は続いた。『野戦詩集』（1941）は戦場で書かれた
詩を集めたものだ。この詩集は小説家が見つけてきた。私はそ
の存在も知らなかった。なまなましい詩ばかりだった。馬の死ん
でいくさま。人の死んでいくさま。西村皎三の「小鳥——はげし
き空戦より帰りしを迎へて」という詩を、全文引用する。

　　　生きて帰つたといふことは
　　　なぜ　こんなにも落莫たるものであらうか

　　　飛行服もぬがず
　　　ひつそりと　木かげに黙つてしやがんで
　　　自分の小鳥に餌をやつてゐる

　　　草の葉を
　　　いつもよりも細かくちぎつてちぎつて
　　　それがなくなつてしまふと
　　　草色に染んだ自分の指先をたべさしてゐる

それから『辻詩集』（1943）を読んだ。この本は、去年、自分
で買った。持っている本の中で2番目に高かった。そしてほぼつ
まらなかった。戦艦をつくるお金を集めるために、208人の詩人
が詩を書いたのだ。「ふねをつくれ　ふねをつくれ」と森三千代、
金子光晴の妻が叫んでいた。「われらたましひをさゝげて」と竹
内てるよが、「建艦運動について」と与田準一が、「船だ　軍
艦だ　沈まぬ船だ」と深尾須磨子が、「ぼくも頑張るぞ」と巽聖

歌が、「彼等の妻はながい間心配した」と永瀬清子が、「皇国の興廃なかんづく」と土井晩翠が書いた。そこに1人だけ他と違う詩人がいた。牧野敬一という詩人だ。抜粋して引用する。「悲しき詩人」から。

　　僕が斯うしてひとりで
　　この詩を書いてゐるのに
　　誰れか他の人が一緒になつて同時に、この詩を書いてゐ
　　るさうな

　　僕が詩を書くのでなくて
　　誰れかから作品を貰つて写しを記録してゐるのに過ぎない
　　さうだ
　　―中略―
　　誰れかから語つてむらつて、云つてむらつて
　　その人の想ひを、自己の想ひの如く偽つて書いてゐるのに
　　過ぎないさうだ
　　―後略―

「語つてむらつて、云つてむらつて」が忘れられない。「むらつて」とはなんだ。方言ともいえない、日本語ですらないじゃないか。でもそれは大切なところじゃない。いやもしかしたら、それだから、ものすごく大切なところだったかもしれない。この人だけだったのである。斯ういふ詩を書いたのが。
それから小説家の持っていた『詩集大東亞』（1944）、借してむらつて、スキャンしてむらつて、ベルリンにも持ってきた。「高村光太郎が声をかけたから、『辻詩集』よりもさらに名だたる詩人

たちがつまらない詩を大量に書いちゃったんだね」と小説家が
いってたのだった。

1933年に死んだ宮沢賢治。1937年に死んだ中原中也。よ
かった、早く死ぬことができた。萩原朔太郎は1942年に死んだ。
それで書いちゃった。「南京陥落の日に」は、『辻詩集』や『大
東亞』じゃなく東京朝日新聞に発表した詩だ。抜粋して引用する。

　　　歳まさに暮れんとして
　　　兵士の銃剣は白く光れり。
　　　軍旅の暦は夏秋をすぎ
　　　ゆうべ上海を抜いて百千キロ。
　　　—中略—
　　　南京ここに陥落す。
　　　あげよ我等の日章旗
　　　人みな愁眉をひらくの時
　　　わが戦勝を決定して
　　　よろしく万歳を祝ふべし。
　　　よろしく万歳を叫ぶべし。

「竹、竹、竹が生え」や「おわああ、ここの家の主人は病気で
す」といった初期の詩群からあまりに違う。違いすぎる。
この詩の少し前に（青空文庫で漁っていたのだ）「敵」という詩。
敵兵をねらいうつ日本軍の詩かと思って読んでみたら、こんな詩
だった。

　　　鶉や鴟鵤の飛びゆくかなたに

ふたたび白亜の城は現はれ　風のやうに消えてしまつた。
人夫よ　はやく夏草を刈りつくせ
狼火をあげよ　烟を空にたなびかせよ
空想の陣幕を野辺にはつて
まぼろしの宴楽をほしいままにせよ。
ああこのばうばうたる白日の野辺を訪ねて行つても
むかしの失はれた幸福に出逢ひはしない。
大風の吹く城の向うで
化猫草の穂のゆらゆらとうごいてゐて
なにものか
かなしい追憶の敵が笑つてゐる。

いや引用することもなかつたが、朔太郎の引用を「南京陥落の日に」で終わらせてしまいたくなくて、なんとなく。

中也と賢治はこういう詩を書かずに済み、私たちは今の世でも後腐れなく読んでいられる。生きた詩人たちは書いて、悔やみ、現代詩という場は、それをいまだにひきずっている。あいや、少なくとも70年代の後半、現代詩が戦後詩と呼ばれていた頃にはひきずっていたのだった。

去年のいつだつたか、私は、私に詩の書き方を教えてくれた詩人が、戦争中に作られた詩集のことを、教えてくれたのを思い出した。どうしても書名を思い出せなかった。それで古い友人に聞いてみた。

「『辻詩集』だよ」と、昔いつしよに詩を書いていた古い友人はいつた。

古い友人と私は、ネット上にある『辻詩集』の情報を集めて交換

しあった。そして何を年上の詩人たちから聞いたか、覚えている
ことを交換しあった。私たちが20代で、詩の書き方を教えてく
れた詩人が40代で、私たちに伝えようとしたこと——またああい
う時代が来たとしたら、前の戦争で呑みこまれた詩人みたいなこ
とはするな。呑みこまれるな。
「なんども、なんども、いわれたね」
そのうち、私は古本屋に『辻詩集』が出ているのをみつけた。
値段には躊躇したが、買わずにはおられなかった。

「書いちゃったんだね」と、その昔、70年代、あの詩人が、新
宿か東中野の安い飲み屋でいったのだ。古い友人も、私も、そ
こにいた。
「だからおれたちはいつでもそのことを肝に銘じてだね」
「肝に銘じてどうすんだ」ともう1人の詩人がまぜっ返した。酔っ
払っていた。私たちに詩を教えてくれた詩人も酔っ払っていた。
「いざそのときになったらどうすんだ」
「そうだ、どうにもできねえで、書いちゃうかもしれねえじゃねえか」
と別の詩人もいった。この詩人もまた酔っ払っていた。
「どうするかわからないさ、だけど肝に銘じてなきゃいけねえん
だ」
私は20歳かそこらで、酒は飲まなかったし、酔っ払いは大嫌い
だった。本が買いたかったから、飲み屋なんかに金を払うのは
惜しくてしかたがなかった。だからたぶんひどくふて腐れた表情
で年上の詩人たちの話を聞いていたのだった。でも残っている
のである。その声も、言葉も。

番組で、私は詩を朗読する。ベルリンからのオンライン参加だ

から、スタッフの人たちが不安がって、日本にいるうちに録音しておいた。私は『野戦詩集』や『辻詩集』から何篇か朗読した。つまらないと思っている詩も朗読した。つまらないと思っている詩を読むのはさらにつまらなかった。牧野敬一の詩も朗読したが、著作権の問題で放送できないかもといわれた。

本当はもっと読みたいものがあった。詩じゃなくて俳句だった。俳句のことはよく知らないから、声に出して読むのも、読みたいと主張するのも臆した。鈴木六林男の俳句である。

　　遺品あり岩波文庫「阿部一族」

初めてこの句を見たときから、死んだのは自分だということしか考えられない。自分が兵士として、戦場に出て、殺し、飢え、歩き、その結果死骸になることがあったら。

あの箇所だ。あの箇所だ。下宿の壁いちめんに並んだ古い日本文学全集。その第80巻に大岡昇平の『野火』があった。ヒリヒリする、ぎくしゃくする、繊細な文章で、私がそうなったように、死骸になった兵士たちを描写していた。

「川と原と草と林の、単調な繰り返しの間に（略）或いは道にその歩行の方向と平行に伏し、或いは、恐らく水を飲むためであったろう、道に沿った溝まで匍い出して、水に頭を漬けて死んでいた。或者は木に背を凭せて息絶えていた。或いは死後に身体に働いた雨と風の偶然によって、右或いは左に、折れ曲って倒れていた。或いは肉の落ちた、死の直前の形を保存し、或いはかつて私が海岸の村で見たように、腐敗してふくれ上り、或いはさらに進んで、組織は液体と気体となって去り、骨

だけを残していた」と書かれてあるのとまったく同じように私は死骸になったのであり、「私は或る干いた屍体についている靴を取って穿いた」と書かれてあるのと同じように私は、私の背中から背嚢をはがし取り、その中に岩波文庫を1冊見つけて、手に取り、表題を読み取ったのである。

岩波文庫『阿部一族他二篇』。ベルリンまで持ってきてある。掌におさまるほど薄い。1938年第1刷。1994年第55刷。書名は初版から変わらず『阿部一族他二篇』だ。「阿部一族」と「興津弥五右衛門の遺書」と「佐橋甚五郎」。鈴木六林男の書いた「阿部一族」は一重カギカッコで二重カギじゃなかった。つまり作品名で、書名じゃなかった。彼は見た書名をそのまま書いたんじゃない。「阿部一族」の1篇を選んだのだ、あの理不尽に空しい夥しい死も含めて。

ドイツの終戦記念日はいつですか、と、〈壁〉からの帰りの電車の中で、私はベルリンの友人に聞いた。
「5月8日ですよ」と友人がいった。
でも終わらなかった。61年に〈壁〉ができた。そして続いた、89年まで。〈壁〉で136人が殺されたとどこかに書いてあった。私たちはいろんなものを立て続けに見たのだった。それで、どこに書いてあったか忘れた。

窓縁に花を

ベルリンの友人はベランダで植物を育てている。ベランダの手すりに四角いプランターを取り付けて、ペチュニアやゼラニウムを植えてある。ひとつのプランターにはローズマリーやバジル、ミントを植えてある。友人は毎日、小さいじょうろで水を運び、水をやり、花がらを摘む。

ヨーロッパの町では、少なくともドイツやオーストリアでは、どこの町に行っても、窓縁にゼラニウムが咲いているのを見た。かなり寒い時期に行った山の村でも、家々の窓縁に花が咲きこぼれていた。ゼラニウムの赤やピンクが目立ったが、ときにはペチュニアの白や紫の花も見た。

フローベール原作鷗外訳「聖ジュリアン」。その冒頭のお城の窓縁もこんなふうである。ところが、これがゼラニウムではない。

　　ジュリアンの父母は深い森の木の間隠れに、山の半腹に立てゝある城に住んでゐた。
　　　四隅に聳えてゐる塔は尖つた屋根を鉛の板で葺いてある。城壁の礎は岩の上に据えてあつて、その岩は濠の深い所まで嶮しく下だつてゐる。
　　　中庭の敷石は寺の敷瓦のように綺麗である。顎を下へ向けてゐる竜の形に造つてある、長い承霤が雨水を大きい盤に吐き込んでゐる。そして二階の窓にも三階の窓にも、模様の付いてゐる植木鉢が据えてあつて、それに木立瑠璃草や毛蕋花が芽ぐんでゐる。

木立瑠璃草、今どきの呼び名でいえば、ヘリオトロープ（ムラサキ科キダチルリソウ属）。毛蕋花は、そのとおりモウズイカ（ゴマノハグサ科モウズイカ属）である。

ところがモウズイカ。よくよく考えると変なのである。ぱっちりした
きれいな花を咲かすが、背が高すぎる。2メートルを超えることも
ある。そんなものが窓縁に植わっていてごらんなさい。外の景
色がなんにも見えない。外から見たって窓の前に藪や林がある
ような塩梅だ。いったい中世フランスの人々は何を考えてそんな
ものを窓縁に、と考え始めたら、抑えきれなくなり、フランス語の
原文を探し出してみた。ネットからすぐに見つかった。するとなん
と、そこに植わっていたのは「ヘリオトロープやモウズイカ」では
なく、「バジルやヘリオトロープ」であった。原文を引用する。
たった5語でも、私はまさか自分が、フランス語でフローベール
を読むことがあるとは夢にも思わなかった。

　　…un basilic ou un héliotrope.

フランス語で「バジルやヘリオトロープ」が植えてあるのなら、ド
イツ語ではどうか。同じヨーロッパの言語内で、ドイツ語の訳者
が、わざわざ植物の名前をまったく違うものに変えるとは思われ
ない。私は例のコヨーテのいる図書館に行って、フランス文学の
ドイツ語訳の「聖ジュリアン」を探した。最初はひとりで行って探
し出してこようと思っていたが、10分も経たないうちにフランス語
からのドイツ語訳という高い壁にうちのめされ、ベルリンの友人
に頼んで、後日いっしょに出直したのだった。
見つけたのは、1979年版のE. W. Fischer訳。

　　…Königskraut oder Heliotrop.

なんとバジルがバジルでない。「王の薬草」と訳されてある。

「1907年から1909年に出た『フローベール選集』の改訂版だから、ここがどれくらい変えてあるかわからないんですけどね」と友人は読んで、教えてくれた。

2017年版のElisabeth Edl訳ではこうある。
　　...ein Basilikum oder ein Heliotrop.

こっちは堂々とバジリクム（バジル）である。
1909年ではいざ知らず、2017年になったら、ドイツ語の読者に、バジルはバジルで伝わるようになったのだと思う。イタリア料理が普及して、みんながバジル入りのピッツァやバジルのペストを食べるようになり、地球は温暖化して、家々のプランターでバジルが普通に育てられるようになったのだと思う。
「そうですよ、昔は、バジルはいつもハウスで作られるものでしたよ、今のこんな生活、朝、窓を閉めて、昼間は家の中でなるべく動かずにいて、夕方窓を開け放って、夜遅くまで外で涼んでワインを飲んだりする生活、これじゃドイツじゃなくて、イタリアやスペインみたいですよ」と友人が、前にもいったことをまたくり返した。

鷗外の「サフラン」には、植物に対する好奇心や共感が溢れ返っている。「青年」の下宿した先は植木屋で、「田楽豆腐」は、田楽豆腐を食べる話ではなく、植物園に行こうという話だった。植物園の植物の名札が田楽豆腐みたいだというのである。植物好きの読者（私）に、ぬ、おぬしできるなと思わせるほど、どの作品にも植物の名前が正確に出てくる。こういうものを書く人が、バジルをヘリオトロープに変え、ヘリオトロープをモウズイカ

に変えるのならば、それなりの理由があるだろうと考えた。鷗外先生がうっかり間違えたのだという可能性は考えないことにする。

モウズイカ（ゴマノハグサ科モウズイカ属）はヨーロッパの原産。地面にロゼット状の葉を出し、それから花茎がたかだかと伸びて、あざやかな花をつける。日本には明治初期に観賞用の花として持ち込まれ、蕊が毛だらけの毛蕊花と名づけられ、やがて逸出して全国に広まっていった。同属のビロードモウズイカ（天鵞絨毛蕊花）は、1870年代に観賞用そして薬用として持ち込まれ、逸出した。

ビロードモウズイカ。
ドイツ語のWikipediaを見た。ドイツ語の名の意味は「小さい花を持つ、王の蠟燭」（DeepL訳）。
「葉や花からお茶やチンキ、シロップを作ることができ、成分には去痰作用があるため、過敏な咳や気管支炎、喘息に使用されることがあります。さらに、皮膚の傷の治癒が支持される。種子も薬用として利用できる」

英語ではこうなる（これもDeepL、なまじっか英語がわかるので少し直した）。
英語の名の意味は「やわらかい葉の、より大きい植物」
「葉を（タバコのように）吸い込むことで、肺疾患の治療を試みたが、この習わしは、ネイティブ・アメリカンの間に急速に伝わった。ズニの人々は、根を粉末にし、皮膚の腫れ、吹き出物、炎症にたいして湿布薬とした」

日本語の Wikipedia はさらにくわしい。

「葉を煎じた物やハーブティが、去痰、肺結核、乾咳、気管支炎、咽頭炎、痔などに用いられた。この花から採れる精油は、ドイツで感冒、腹痛、耳痛、凍傷、湿疹、その他の外傷に用いられた。ビロードモウズイカをベースとした多くの調合の局所適用は、いぼ、癤、癰、痔、しもやけ、などの治療に推奨された」

さあここから探偵イトーの推理が始まる。

1884年から1888年まで鷗外は留学していた。モウズイカはヨーロッパ原産だから、とうぜん鷗外は、その植物をその薬効とともによく見聞きした。そして日本に帰ってきた後、ある事件があり、彼はますます興味をそそられたのではないか。

ある事件。戯曲「仮面」を読め。書かれたのは1909年。「聖ジュリアン」を訳したのは1910年。1971年出版の鷗外全集（岩波書店）は時系列に編まれていて、「仮面」は「半日」の後に来る。

話はこうだ。開業医で、大学でも教え、本も書く医学博士杉村。結核を診断された文科学生山口。植木屋の死という事件をはさんで、医学博士は学生に、自分の経験を話す。それによると、博士は1892年に最初の喀血をした。結核だと自己診断したが、それから17年間、仮面の下に隠し通してきた、と。鷗外という人は自分の経験を投影して小説を書く。このエピソードも自分の経験を投影して書かれたと思っていいのではないか。あの自分の生活を、妻と母の反目と葛藤を赤裸々にモデルにしたと思える「半日」の直後である。

フローベールはフランス北西部ルーアンの人で、「聖ジュリアン」

の末尾にはこう書き添えてある。「——これが客を遇する情の厚い聖ジュリアンの物語である。我が故郷の寺の窓の硝子絵にこんな風にかいてあるのである」(鷗外訳)。「我が故郷の寺」とはルーアンの大聖堂である。

ジュリアンという聖人について、活動の時期と場所は不明。ジュリアンが渡し守をしていた川は、フランス南東部のローヌ川支流のガール川か、イタリア中東部のポテンツァ川だろうと、『黄金伝説(れげんだ・あうれあ)』に書いてある。

探偵イトーは考える。フローベールはバジルを知っていたが、鷗外は知らなかった。もしかして食べたこともなかったから、彼の好奇心を刺激しなかった。そしてそのとき、お城のプランターの植物について考えて、彼の、持病のようなおせっかい心が、むくむくと頭をもたげた!

「山椒大夫」において、説経節の陰惨残酷きわまりない結末に、奴隷解放という社会革命を起こし、「阿部一族」において、切腹をする人々の心情に近代的な説明をほどこした、合理的で、科学的で、上から目線の、おせっかい心。それが働いて、知らないバジルをさっさと切り捨て、中世のお城の生活のためにはより有用な(と彼が考える)肺結核の薬になり得るビロードモウズイカ、略してモウズイカに、差し替えちゃったのではあるまいか。

ヘリオトロープ(ムラサキ科キダチルリソウ属)は、順番は変えたがそのまま残した。ヨーロッパの人々にとっては外来の植物だが、大切な香水の原料である。日本にも、鷗外がドイツから帰った後、ヘリオトロープの香水が輸入されている。「椋鳥通信」には流行りのファッションについて再々言及してあるくらいだから、空の色に映えるが臭いのわるい天竺葵(ゼラニウム)より、

ずっと有用ではないか、と合理的な鷗外は思ったのではないか、と探偵は推理する。

探偵イトーはさらに考える。フローベールが、なぜバジルとヘリオトロープを、お城のプランターに植えたか。

バジルは、英語でbasil、イタリア語でbasilico、フランス語でbasilic、ドイツ語でbasilikum。英語の語源辞典からの丸写しをDeepL訳でここに示す。

——15世紀初頭、古フランス語のbasile（15世紀、現代フランス語のbasilic）から、それは中世ラテン語のbasilicumから、それはギリシャ語のbasilikonから「王家の（植物）」、「王」に由来する。王室の香水を作るのに使われたと信じられていたため、このように呼ばれるようになったのではないか。ラテン語ではbasiliscus、そこでバジリスクと混同された。それはこの葉がバジリスクの毒の解毒剤とされたため。

ヘリオトロープという言葉には「太陽（helios）に向かって（tropos）」の意味がある。

帝王になると予言されたジュリアンであり、生類の虐殺者になったジュリアンである。その生家の窓縁のプランターには、王家の植物が植えられ、太陽に向かって咲く植物が植えられていた。王家の植物とは、蛇の王たるバジリスクの毒の解毒剤でもあった。フローベールが、そこを押さえぬわけがないと、私は思うのである。

鷗外のおせっかい心とは、明治のあの頃の、文化人、教養人、エリート、文学者、科学者、留学経験者、センセイ、お父さん、いろんないいかたができるが、そういう人たちに特有の、合理

主義というか、理性主義というか、啓蒙してやる主義というか、自分たちが世界を動かしている的な尊大さではないか。お父さんみたいになんでも知っててなんでも教えてくれる鷗外先生のこんなところは、少々うっとうしい。

星空の
モインモイン

日本の終戦記念日の翌日、私たちは北ドイツに10日の予定で出かけた。「バケーションですから」とベルリンの友人は、日本語を話しながら、その単語だけは日本語化した発音の英語でいった。亡き夫と、何度もこの言葉を使ったのだろうと私は考えた。日本語にはvacationにあたる言葉が無いのだろうとも考えた。彼女は念を押すようにつけ加えた。

「バケーションは何もしないんですよ」

しかし今現在私にはやらねばならないことが山ほどあり、重要な役職にある友人も同様にあり、私は追いつめられており、友人も同様であり、北ドイツに誰が待ってるわけでもなし、何もしないために行くのだから、あと2日、いや1日でもいいから、出発を遅らせることにしたら、ずいぶん楽になるのではないか。そう何度も考えたが、いいだせなかった。いいだしたらベルリンの友人は私のことを心底見下げ果て、二度と口を利いてくれなくなるんじゃないかと感じ取ったほど、彼女の決意は固かった。それは私に対する意思や意見などというより、これまでのとしつき、彼女が暮らしてきた、彼女と彼女の夫が暮らしてきた、彼女と彼女の両親が暮らしてきた、彼女の両親とそのまた両親が暮らしてきた、みんながそうやって暮らしてきた、その記憶がほとんどトラウマみたいに固まって彼女の記憶と同一化しているように思われた。

北ドイツのデンマークに近いあたりの、ど田舎の村はずれにある家を知り合いから安く借りて滞在するのだと、彼女はいった。

「Wi-Fiもないところですよ、ど田舎なんですよ、テレビはありますけどね」

私たちは車を借りた。取りに行ってみたらマツダだった。ボンネットを開けたら日本語が書いてあると思うとほっとする、そういっ

てベルリンの友人に笑われた。

しかしながら、日本語が書いてあっても、運転は怖かった。ドイツの高速道路には制限速度がない。あるところもあるが、やがて無くなる。制限速度標識に斜め線が引かれて、制限速度なしになる。とたんに後ろから追い上げられるから、おちおち追い越し車線に入れない。でも人生と同じで、追い越し車線に入らなければならないときはある。だから私は、恐怖で顔をひきつらせながら、追い越し車線に入った。しばしば入った。そして追い上げられた。

私は人生の助手席に配偶者のかわりの友人を乗せて、ヨーロッパを走り抜く幹線道路から、地域の高速道路に、それから地域の田舎道に、それから農道にと、乗り継いでいったのである。

「ど田舎なんですよ」

友人が何度もくり返した。行けども行けども平原で、牧草地で、教会の塔が見えた。また見えた。平原の向こうには海があるのだった。

「ほんとうにど田舎なんですよ」

友人がくり返した。風の強いところだった。現代的な風車が並んでいた。道に植えられたマツの木々はすべて風の向きに傾いていた。家々は風をさえぎる林で囲まれていた。それも風の向きに傾いていた。家々の屋根はヨシで葺いてあった。ヨシがどこにでも繁っていた。そして牛や羊のいる牧草地が続いた。

「あの教会」と友人が指さすのを目指していくと、その村に着いた。海辺に近い小さな村で、村はずれに私たちの借りた家があった。教会は村の中心地にあった。教会には塔があり、外

壁の煉瓦には崩れ防止の大きな鋲が打ち込んであった。

農道は時速100キロ制限であり、地元の車が100キロかそれ以上で飛ばしていく。日本なら30キロ制限だろうという道である。何が悲しくてあんなにいそいで、と追い抜かれるたびに私は友人に話しかけた。しかし3日後には私も100キロかそれ以上で飛ばすようになった。

運転者は私。その配偶者のように助手席に座る友人は、旅に出てからというもの、しょっちゅう泣くのである。行くといって泣いて、来たといって泣いて、教会に行って泣いて、教会の暗がりでお灯明をあげて泣くのである。「何ちゃん、来たよ、しろみさんと来たよ」といって泣くのである。彼女と彼女のほんとうの配偶者とは、毎年この村に夏の数週間を過ごしに来ていたのである。そしてその夫が亡くなり、車を運転しない妻は、ここに来ることがなくなった。
「何ちゃん、来たよ、しろみさんと来たよ」
以前どこかで聞いたことがあったと考えていたのである。
思い出した。
巣鴨のお地蔵様の参道に入る手前のお寺の墓地の中に、もう三十年も前に亡くなった詩人のお墓がある。詩人の妻に連れられてお参りしたとき、彼女がいったのである。
「何ちゃん、しろみさんが来てくれたよ」
何ちゃん、には驚いた。詩人たちは誰も彼のことを何ちゃんとは呼ばなかった。ひどくpersonalな、それ以上のprivateなささやきに聞こえた。そして今、ベルリンの友人の声を聞いてみれば、あの詩人の妻の声も同じだったと思える。夫を亡くした妻たちの

総意だったと思える。
「何ちゃん、来たよ、しろみさんと来たよ」
総意なのだから、しろみさんじゃなくても誰でも導き手になれる。

ここはハンス・ランドの「冬の王」の場所よりは少し南だ。
あれはデンマークだったが、ここはデンマークとの国境にごく近いドイツである。湿地と干潟と群島と潮流でできた土地で、北海につながる砂浜はひろびろとあり、人々は渇いたように海水浴に行く。古い教会の中には、いかにも古びて見える戦死者のリストがかかっている。読みにくいのを読み解いてみると、1864年の対デンマークの戦争がくっきりと見える。
私たちの行った初日は、荒れた空で鈍色の海で、びゅうびゅうと風が吹いた。とても水に入って遊ぶような海じゃないと私には思えたが、それでも人々は、私の友人も、嬉々として水に突進していって濡れて笑った。
砂浜は広く、駐車場も、トイレも、ビールを飲む施設も、驚くほど衛生的だった。よそでは見たことのない箱形のビーチチェアが何十となく置いてあった。それで強い風を遮るのである。強い風がつねに吹いている。

私たちの借りた家は村はずれにあった。中庭のテラスは東向きで、浜辺で見る珍しい箱形のビーチチェアが置いてある。朝も昼も夜もそこで食べる。ときどきラップトップを広げて仕事する。Wi-Fiにはつながらないから、やった仕事は送らずにラップトップの中にしまい込む。庭にはリンゴの木がある。鳥が来る。海水浴に行く。近所を観光する。どこにも教会がある。漁港があり、灯台があり、海につながる広大な湿地がある。教会は古くて、

天井の近くにパイプオルガンがある。聖水盤の上には舟の模型がつるしてある。壁にはデンマークとの戦争の戦死者の名前が書かれてある。灯明をともして友人が泣く。

どこそこに行きましょうと提案するのはいつも友人で、私はついていくばかりだった。どこに出かけるにも、配偶者のように友人が助手席にいた。

近くの町はTönningというのである。どこに行くにもTönningの町を通る。そのたびにTönningと標識を声に出して読む。しかしウムラウト、oの上にちょんちょんのついた音、oとeの間の音が難しい。

あるとき、oとeの間、oとeの間と念じながら、ゆっくり丁寧にTönning、またTönning、またTönningと3回続けて声に出してみたら、3回目にちゃんとできた。「上手上手」と友人にほめられた。それ以来、Tönningの標識を見るたびに、私は3回くり返す。どこに行くにもTönningの町を通る。

あるとき、Tönningを3回くり返した後にGötheといってみた。「上手上手」と友人にほめられた。この大詩人、ゴエテかギョエテかグーテかわからない名前を、私は初めてちゃんと発音できた。

日本に帰ったらみんなにいわなくちゃ、ドイツに3か月いてGötheがいえるようになりましたって。

そういったら友人が大笑いした。

私たちの借りた家の前に外灯がひとつ立っていたが、真夜中を過ぎると灯りが消えるのだった。それを待って、私は外に出た。屋外は真ッ闇、闇の闇（中原中也「サーカス」より）という状態

だった。広々としてなんにもないのは、昼間見たから知っている。羊の鳴く声が聞こえた。かなり離れたところから聞こえた。借りた家は村はずれにあったから、ちょっと歩いただけで家の灯や村の灯から遠ざかった。歩く道はTönningに行く道であった。

熊本の夜空にはヴェガがあり、アルタイルがあった。こと座、わし座と星座表には書いてあるが、熊本では星座なんかどこにもなく、ヴェガがぽつんとあり、アルタイルがぽつんとあるだけだった。天の川も見えないから、織姫星と彦星と呼ぶにはリアリティがなかった。はくちょう座の十字は、十字というより柄の取れた傘に見えた。ところがこのど田舎の村はずれでは、ヴェガとアルタイルの間に夥しく星が在る。数かぎりなく在る。天の川というもので、それに遮られてふたりがなかなか会えないという言い伝えもよく解る。はくちょう座はその夥しい星の流れに埋もれている。目を凝らして、さらに凝らして、やっと大きな十字が浮かびあがった。

そのときそのあたりで、ひとつの星が動いた。流れ星じゃない。飛行機でもない。他の星たちと変わらぬ距離のところにあるようで、ちょっと剽軽な、かわいらしい仕草で、すすすと動いた。動かない夥しいものたちの中にある小さな動きが、なぜこんなに「剽軽」だ「かわいらしい」だと感情を呼び起こすものなのか、わからなかった。

私のスマホにStar Walkというアプリが入っている。星に向かってスマホをかざすと、たちどころに星座と星の名前が日本語で表示される。私は星に呑みこまれそうになりながら、スマホを掲げて夜空を見上げ、村はずれのさらにはずれの道の上にいたの

だったが、その瞬間、私は総毛立ったのである。

目の前の暗闇の中で何かが動いた。

何か動いたように思ったが、動いてないかもしれないとも思った。目を凝らしたが見極められないので、さらに目を凝らした。

やはり動いた。近づいたような気もした。気のせいで、何も動かなかったかもしれないとも思った。するとまたもやっと動いて、闇が影になり、影が闇から飛び出して、人の姿になっていった。黒い塊がにゅうと伸びて足になり、ひょろりと動き出し、頭ができて手が生えてといった具合に。人だと思って身構えた。でも安心もした。いちばん怖ろしかったのは、何を見つけていいのかもわからずに、真っ暗な闇の中を見つめていたときだった。

人の影が近づいてきて、すれ違いざま、男の声で何かいわれた。モインモイン、あるいはモーニンモーニン、そんなふうに聞こえた。深夜だった。この地方では12時を回れば朝なのかと私は考えた。そのとき男は私の手の中のスマホのアプリを見たのだと思う。話しかけられた。ひどく高いところ、星のあるところから来るような声だった。

「星を見ているんですか」

はい、星がすごい。私は星の見えないところから来ましたから。

「いったいどこから来たのですか」

日本です。

「日本ではまったく星が見えないのですか」

いくつかは見えますよ、たぶん20、あるいは30。

「20、あるいは30」と男はゆっくりくり返した。

大きな星は見えます。ヴェガも見えるし、アルタイルも見えます。冬には夏よりたくさん星が見えます。夏は星が少ないのだと思っていましたが、そんなことはないですね。

「夏でも冬でも秋でも春でも星はあります、ほらあれを見て」と
いって、男は笑った。
北極星がなかなか見つかりません、他の星たちに埋もれてし
まって。
あれがヴェガですね。
「知ってますか、今から11000年後にはヴェガが北極星になる
のですよ」
いや、知りませんでした。そんなことは、何も、知りませんでした。
「どんな夜にもかがやく星が北極星に」
そのとき私たちはポラリスをなんと呼ぶのか。
(これは独り言で終わってしまって答えはなかった)
あれは何ですか。
さっきから動いているのです、虫のように。
「あれはサテライト」といって、男はまた笑った。
「私は、今、海で泳いできたところです」
寒くはないのですか。
「潮流のせいか、夜はかえって温かく感じます。上がると寒いの
ですが、そのあとこうして歩いてきたから、だいぶ温まった」
いったいどんな男だったか、表情はどうだったか、暗闇だった
し、ものすごく高いところから声が聞こえてくるので判断がしにく
いのだった。たぶん目が青くて、妙な表情をしていたはずだ。な
んでもずっと遠くにある物を見ているかと思うように、空を見てい
たはずだ——ここは「冬の王」からの引用。
会話がとぎれ、モインモインと声のような音のような挨拶を二度く
り返して男は離れていき、私は空を見上げた。

私は夜空の写真を撮って、東京の友人に送った。寝てる時間

だろうと思ったらすぐ返信が来た。夜空の写真は撮れるときと撮れないときがある。どうして撮れたのかわからないし、どうして撮れなかったのかもわからない。

休暇中の冒険はもっとあった。教会に行き、港町に行った。海を見た。湿地を歩いた。それからベルリンの友人に親族の訃報が入り、友人と私は、予定を切り上げて葬式に行った。ドイツの高速道を北の端から東の端まで、丸1日かけて走り抜いた。それは土葬だった。棺は穴の中にしずかに下ろされ、人々は花を投げ入れ、シャベルで土をひとすくいずつ投げ入れた。ベルリンの友人の生きている親族たちが集まって、同じような顔をして、体格をして、話し方をして、死んだ人を悼んでいた。私は列の最後に並んで、いったいどんな縁でこんなところまで来て知らぬ人の葬式にと考えていたが、順番が来て、思わず知らず、日本の葬式の焼香のときの手つきで花をつまみあげ、焼香のときのやり方で瞑目し、それから投げ入れたのだった。
それからドイツの高速道を東の端からベルリンまで走り抜いた。渋滞に巻き込まれ、道路脇に立っている東独時代の見張り塔をゆっくり眺めながら、のろのろと進んだ。
私はもう速度無制限でも平気で走ることができた。後ろから車が来れば道を譲り、また追い越し車線に踊り出た。それをくり返した。その頃には私はいろんなものを見ることができた。標識の地名。車のナンバープレート。さまざまな国名。さまざまな。ほんとうにさまざまな。
その中にUAというのがあった。青と黄色のマークが入っていた。「ウクライナですよ」と友人がいった。
Stauという言葉を何回も見た。道路にかかる橋に垂れ幕があり、

運転者の目にとまるようになっていた。そこに書いてあった。スタウと声に出して読むと、助手席の友人が、シュタウといった。シュタァに似ていた。シュタウは渋滞で、シュタァが椋鳥だった。

ふつふつと
世間は変化して

私はこの頃ずっと鷗外とシェーンベルクの関係について書きたいと思っているのだが、なかなか書けないでいる。

だってほぼ関係がないからです。

7月に森鷗外記念館の記念式典があった。ベルリンの中心地、荘厳で重厚なベルリン大聖堂（鷗外がドイツを去ってからできあがった）のすぐそばの、また別の荘厳で重厚な建物で行われた。

式典のプログラムには50歳の鷗外の肖像画が使われていて、覇気のない、不機嫌そうなオヤジ顔で、これじゃ私の知ってるあのチャーミングな男のチャーミングさがちっとも人に伝わらないですよねなどと笑いながら、ベルリンの友人といっしょに出かけたのである。私は招待されていなかったが、友人は招待されていたのだった。

オヤジ顔の肖像画にもかかわらず、出席者はかなり多かった。関係者や学者のスピーチの間にヴァイオリンの二重奏があり、演目は、ハイドン。グルック。モーツァルト。グルックは『オルフェウスとエウリュディケ』からで、鷗外はこのオペラを訳したのだった。

日本人の、小柄な、若い女のヴァイオリニストが2人、化粧や髪型やしゃべり方や、そういうのはすべてとても日本的でかわいらしい、それなのに立ち上がって弾き始めたら、見事に足を踏ん張ってたくましく、ドイツ文化と鷗外に対峙していて、そう見えるのは、ヴァイオリン性なのか、それとも女たちの生き方なのかなどと考えていた。

でも聴いているうちに、私には何か小さな違和感が萌してきて。演奏にじゃなく、選曲に。

鷗外が訳してきたのは、切れば血の出るような同時代の現代文学だ。だったら音楽にも、評価されつくしたような古典性だけじゃなく、切ったら血の出るような現代性、同時代性をもとめたんじゃないだろうか。だとしたらそれは何か。

よく考えれば、文久生まれの鷗外にとって西洋音楽は何もかも、今の自分が今聴く、現代の現代音楽に聞こえたかもしれないのだが。

19世紀のごく終わりによく聴かれた音楽といえば、ヴァーグナー、リヒャルト・シュトラウス、それとマーラーといった、ロマン主義が好きで、古いところも好きで、大風呂敷を広げて広げて、広げやめられなくなったような作曲家たちかと思う。

ヴァーグナーは1883年、鷗外留学の前年に死んだ。鷗外は、これは聴いた。でもヴァーグナーが(それとヴェルディの『オテロ』も)「心に留まりしこと」なかったのは、当時のオペラの先端的な作曲法が「素人の鷗外には、理解できなかったからにほかならない」と『森鷗外事典』の「鷗外と音楽」の項に書いてある。

R・シュトラウスとマーラーは鷗外とほぼ同世代、でも鷗外が聴いたか聴いてないか私にはわからない。鷗外がドイツにいた頃は2人ともまだ新米の青二才で、留学から帰った1888年以降にめきめきと人気を得た。

「椋鳥通信」にこういう記事がある。ただの情報である。

> Oscar Bieがベルリンでドイツの音楽の現状を批評した。
> Eugen d'Albert, Wolf-Ferrariはイタリア Verismusの影響を受けてゐる。
> Arnold Schoenbergは系統不明。

Debussy, Dukas, Delius, Busoni, Scriabineは印象派。
Korngoldは晩出の人で衆派の精を抜いている。
Richard Straussは一世を風靡してゐる。音楽中にdas Substantielleを維持して行く。歴史上の地位は未定である。（一九一二年十二月一日発）

系統不明のアルノルト・シェーンベルク。
後世の私たちは、表現主義の作曲家といえばこの人で、それまでの西洋音楽の主流であった調性がメインの音楽から抜け出して、無調の音楽をつくったという評価を知っている。

調性。定義しておきたいが、私の言葉で説明するから間違っているかもしれない。でも私はこう捉えた。
音の（因果のある）つらなり。
音同士が関係している。この音があるから、それでこの音があるという関係性で複数の音のつらなりやかさなりができている。人は、あるつらなりを聞いたら楽しさを感じ取り、別のつらなりを聞いたら不安になる。そして音のつらなり方によっては、感情がもりあがるとか、もうすぐ終わるとか、予測できる。
そこで私は自問する。「音楽における調性を、文学でいったら何になるか」。
そして自答する。「物語ではないか」。

鷗外が「椋鳥通信」を始めたのが「1909年1月16日」。それからすぐ、2か月後の「1909年3月12日発」で、鷗外は「未来主義」について大々的に報じた。こんなふうに。

伊太利詩人

　　F.T.Marinetti

といふ先生は未来主義（Futurismo）といふものを発表した。Cairoに住んでゐた伊太利人の子で、仏蘭西で育つたのである。仏蘭西語が上手なので、これまでの作は仏蘭西語で書いた。—中略—

　　　未来主義の宣言十一箇条

　　一、吾等の歌はんと欲する所は危険を愛する情、威力と冒険とを常とする俗に外ならず。—後略—

宣言の十一箇条はぜんぶ訳されてあり、鷗外のコメントもついている。

「こいつを赤インクの大字で印刷した、幅一米長さ三米の広告がMilanoの辻々に張り出されたのである。スバルの連中なんぞは大人しいものだね。はゝゝ」

どうも感じがよくない。むしろわるい。今どきのSNSのアノニマスな攻撃性とはちょいと違うが、むやみに傍若無人で嫌みったらしい。敵が多かったというのもよくわかる。

表現主義もこの頃だった。ドイツ語圏でさかんになった。フランス語圏では印象主義があった。未来主義Futurismはともかくも、表現主義Expressionismと印象主義Impressionismとは、英語にしちゃったら私には区別がつかない。

その頃、産業が革命的に発達し、戦争が続き、どんどん続き、どんどん過酷になり、生活は苦しく、不安が増大し、前の時代の、たとえばロマン主義なんかの表現には苛立つばかりで、もっと、自分の、ほんとうの意識を、ほんとうの色を、ほんとうの音を、

底の方から引き出してきて、表現したくなった。

リルケの「白」の奇妙なおもしろさというのは、まさに、そういうことなのではないか。何がいいたいのかよくわからない。人が無意識に考えることがいろいろある。それが読者に、かぶさるように伝わってくる。それを鷗外が、何がいいたいのかわからないように、言葉だけがこっちにかぶさってくるように訳す。

シェーンベルクに「浄められた夜」という作品がある。半音の多い、とりとめなくロマンティックな作品である。無調性はまだそんなにあらわれていない。元になったのがリヒャルト・デーメルの詩だ。といっても歌曲じゃない。インストゥルメンタルなのである。
詩の一部。DeepL訳。
「彼女は不器用な足取りで歩く。
彼女は顔を上げ、月が彼女と一緒に歩いている。
彼女の暗いまなざしは光に溺れる。
男の声がする」
鷗外は「沙羅の木」でデーメルを何篇も訳している。序にある。

　　ドイツの叙情詩は、先づ方今第一流の詩人として推されてゐるデエメルの最近の詩集から可なりの数の作が取つてある。後には又殆ど無名の詩人たる青年大学々生の処女作がデエメルと略同じ数取つてある。クラブンドといふ匿名の下に公にせられた集の中の作である。

ここで人々の生年没年を書き出してみる。前にもやった。今回はさらなる目的がある。
森鷗外　1862-1922

デーメル　1863-1920

R・シュトラウス　1864-1949

マーラー　1860-1911

ハンス・ランド（「冬の王」原作者）　1861-1939

このへんはみんな同世代。続けます。

リルケ　1875-1926

シェーンベルク　1874-1951

クラブント　1890-1928

　私は鷗外の文体に惹かれて生きてきて、文体以外は何も見てこなかったんだと自分でも思っている。そして、実は昔からまごついていた。これが小説なのかなと。ある場面がとつぜん放り出されたような。いいたいことだけ自分の言葉でいいはなったまま、放り出すような、そんな作品が多いので。

　もちろん「舞姫」（鷗外にとっては最初の小説、「小説」を書いてやろうという気がみなぎっていたと思う）や「阿部一族」（江戸自体に書かれた実録物があり、鷗外はそれを鷗外の言葉に訳しながら書いた）等々、主人公は誰で、その人がこれこれこうなってってきちんと語れる作品もある。でも普通の小説みたいに始まって論文みたいになっちゃう小説もあるし、上から目線で説論されているような小説もある。ドイツ語を入れすぎて日本語じゃなくなっているのもある。ただの年表、言葉の羅列という、ふつう小説家のやらない表現でぐいぐい押していくものもある。

　なんだか彼の「小説」の定義が、19世紀の人と思われない。むしろ19世紀、あるいは鷗外その人の方が、「小説」を今より自由に考えていたのかもしれない。

リルケの「白」やアルテンベルクの「釣」。

若い人たちの新しい思潮が、表現主義と呼ばれた。シェーンベルクもそのひとりだった。そして無調に達した。

鷗外は「倅に持っても好いような」リルケたちの表現にとても惹かれた。

ストーリーのない、ぽつぽつと宙に浮かんだような、もやっとした無意識の塊が残るような、フラグメントのような、短い小説を、鷗外は訳した。訳したばかりか、その前後には、リルケやアルテンベルクのまんま、「杯」「牛鍋」「電車の窓」それから「花子」という小品群を書いた。その無調のような無ストーリーさが、小説（と私が勝手にジャンル分けする）「能久親王年譜」や「渋江抽斎」を生んでいったのではないか。

1884-1888年、鷗外は、ベルリンやライプツィヒやドレスデンやミュンヘンで、倅に持っても好いような（でもほんとは10年くらいしか違わない）若い人たちが、まもなくふつふつと表現主義を表現し始めるその場所で、その場の空気を共有していた。

唐突に思い出した。昔の歌。1960年代後半の歌。若い男たちがぼろぼろの格好で長い髪で歌っていた歌だ。こういう歌。

There's something happening here.　But what it is ain't exactly clear.

私は、このように考えた鷗外とシェーンベルクとの関係を、ベルリンの友人に話した（シェーンベルクねえ、とあまり感心されなかった）。ベルリンの友人の友人の在独の日本人にも話した（表現主義のところはおもしろいといわれた）。人のいない寂しさに耐えられなくなった元院生がLINE通話をかけてきたので、

彼に向かって滔滔と話した（……閉口していた）。ところが、話すと少なくとも相手の興味を引きつけておくくらいにはおもしろく話せるのに、なかなか書くことができない。やっぱり鷗外はシェーンベルクに、会ってもいないし聴いてもいない、ふたりはほぼ、何の関係もなかったからなんです。

私はただ、鷗外の翻訳する小説群が表現主義に偏っているということ、そしてそこに見られる無ストーリー性が、シェーンベルクの無調性と似ているということをいいたかっただけなのだ。それだけだった。調性について言葉で説明をしようとすればするだけ、考えたことから遠くなっていくような気がするし、耳で聴いたところで、私の耳は何を聴き取っているのかわからない。ああ、どんどん自信がなくなってくる。

ところが北ドイツでの休暇中、こんなことがあった。私たちのいた村の近くに、ベルリンの友人の弟が演奏に来た。そして私たちを招待してくれた。彼は有名なコンサートピアニストで、ハイドンやヴェートーヴェンやモーツァルトといったドイツの音楽をおもに弾く人だった。少なくとも私はそう思っていた。

コンサート会場は石造りのお城で、荘厳な絵の夥しくかけられた大広間で、所せましとつめこまれた人々の前で、マスクをする人もしない人もいて、録音のために窓をぴったりと閉め切り、空調もなく、みんな汗だくになり、その中で、ピアニストはスティーブ・ジョブズみたいな黒づくめで、大きな身体でピアノの上に覆いかぶさり、長い脚をピアノの下に折り曲げ、ほとんど膝を床につかんばかりにして、片方のつま先で拍子を取りながら、ヴェートーヴェンを弾き、ブゾーニを弾き、メンデルスゾーンを弾き、ド

ビュッシーを弾いた。アンコールにはヒナステラを弾いた。

ドビュッシーは「映像」。私ははじめて聴いた。そして圧倒されたのだった。

鷗外と同時代の音だった。文章からと、ピアノからと、聞こえてくる音が同じだった。スピードも、雑音も、自動車や電車を知りはじめた時代の人の、あの戦争やこの戦争の空気の中で、何か大きなもの、ふたりにとってはドイツ的な音だの声だのを否定して、これから来る調性の無い世界を、第一次世界大戦を、にらみつけて足を踏ん張っている人の音だった。

コンサートが終わった頃は大雨になった。大雨の中を人々がお城から近くのレストランに移動した。空調もなく、蒸し上がったレストランで、ピアニストが「若い頃はディープ・パープルが好きだった」といった。ロックな弾きぶりに納得して笑ったが、それはともかく、大切なのは別のこと。私は彼に尋ねた。ドビュッシーとは？　表現主義との関係は？　すると他のさまざまな言葉の間に、彼がひょいといった。「ドビュッシーはフランス人だということをとても意識していた」と。それが私には、まったくこのように聞こえた。

「鷗外は日本人だということをとても意識していた」

ドビュッシーについて、彼は私にもっといろんなことを語ってくれたのだが、彼と話したい人はいっぱいいたし、蒸し暑かったし、これしか覚えていない。

「映像」は1907年に発表された。もちろん鷗外は聴いてませんよ。

1907年は明治40年で、鷗外全集の3巻をみれば鷗外はその年、「レルモントフ」を訳し、「ショルツ」を訳し、「シュニツツレ

168

ル」を訳している。

森鷗外　1862-1922

ドビュッシー　1862-1918

いやべつに同い年だからどうのといってるんじゃないが、いや、もしかしたら、実際私は、そこを指摘したいのかもしれない。ふたりは同じ時同じだけ若い肉体と精神で同じ空気のヨーロッパに生きて同じようにこれから来るものを感じ取ってビリビリと反応していた。これから来るものとは、新しい動力、新しいパワーに新しいスピード、価値観、調性を無くしてしまう音楽、ストーリーを無くしてしまう文学。新しいやり方で人を殺す大きな戦争。際限なく膨れ上がる新興勢力としてのドイツの野望。その他である。

金の星

ベルリンに戻って次の日がリハーサルで、その次の日が本番だった。イベントの名前は「INSPIRATION 鷗外」。7月の記念式典は森鷗外記念館の主催だったが、こっちはベルリンの日独センターとCluster研究所が主催だった。鷗外の「山椒大夫」がドイツ語訳で読まれた。それはあのゴミ回収業者を演じる俳優（男）が読んだ。溝口健二の映画『山椒大夫』が紹介された。それから私の詩を、私が日本語で読み、もうひとりの俳優（女）がドイツ語訳を読んだ。

私の詩「わたしはあんじゅひめ子である」は、ベルリンの友人によってドイツ語に訳されてある。説経節「山椒大夫」が、流れ流れて、筋も名前も変えられて、恐山のイタコの声で語られていたのを私が読んでつかみ取り、変えに変えて元の話からかけ離れ、でも説経節ということだけは意識して、さらに変えて作った詩であった。こんなものだれが聴くかと思いながら、あちらこちらで、翻訳された言葉とともに、朗読してきた詩であった。

今、私は、そのとき私のドイツ語の声をやってくれた俳優について話したい。

ドイツで朗読をするとき、予算のある舞台には、通訳者とその言語を読む俳優がいる。だから私は今まで、いろんな俳優（女の）と組んで、彼女らがドイツ語を読んできたし、私は日本語を読んできた。しかしこの女は何かが違った。彼女が部屋に入って来たときに、すでに何かが違っていた。

くり返すが、私は何人もの俳優とやってきた。みな経験を積んだ人たちだった。よく読み込み、よく練習し、すばらしい朗読をしてくれた。ドイツ語の作家がやってくれたこともある。子どものときから朗読をしなれている文化だから、作家といえども達者だった。

翻訳者で学者であるベルリンの友人が、自分でやってくれたこと
もある。すみずみまで自分の言葉でできているだけに、その朗読
は、それまでのどんな俳優や作家の朗読よりも、自然で力強く、
言葉のすみずみ、声のすみずみまで、必然性が感じられた。し
かしながら、この俳優の朗読は、それまでのそういう朗読の経験
を、ぜんぶ吹き飛ばした。

彼女が声を出したとたんに空気が変化した。私はビリビリ痺れ
るような何かを感じながら、床に座り、自分の詩を、数行読み上
げた。そういうスタイルでこれまでやってきたのである。
「それでは声が通らない」と彼女がいった。「下を向くより客席を
向いた方がいい」
私はたちまち彼女の提案を受け入れた。30年間のスタイルは
投げ捨てた。立ち上がって客席を向いた。そしていった。
「今まで掌で床をたたいていた、明日は足を踏み鳴らそう」
私はさらに読んだ。
「もっと感情を抑えめに表現した方がいい」と彼女がいった。
私は思わずそれも受け入れそうになったが、踏みとどまった。
「感情を感情的に表現するのが説経節という芸の特徴である。
私の知っている演者たちは歌いながら泣かんばかりの表現をし
た。このテキストは現代詩であるから、感情的な表現は抑えて
ある。しかしやはり、昔ながらの演者たちがやっていた大げさな
感情的な表現をやりたいのだ」と私はいった。彼女はそれ以上
押さなかった。
彼女の声はとても低く、感情はとても抑えてあった。これが沁み
入ってきた。快感であった。このまま彼女だけに読んでもらった
方がいいんじゃないか。そう提案したが却下された。でも本気

だった。それくらいよかった。よすぎて皮膚の表面がビリビリした。それで、私は彼女にいったのだった。

「私は歌うつもりである」

歌ったことなんかなかったのだが、そんな言葉が出た。そういいきってから、どう歌うか私は考えた。

家に帰って、私は彼女を検索した。YouTubeで出てきたのが『最後の5日間』という映画。1982年制作。

1982年。彼女はゾフィー・ショルの役をやった。彼女は私より1歳年下だから、20代半ばの頃だ。くせのあるおかっぱ頭で、まるで子どものように若い女だった。

1982年。私は『青梅』という詩集を出した。表紙の写真は、映像作家でもある、ある詩人が撮った。私はレンズを直視した。私もくせのあるおかっぱ頭で、子どものように若い女だった。

ゾフィー・ショル。白バラ抵抗運動の活動家として、1943年2月18日に逮捕され、2月22日に判決を受けて当日処刑された。『最後の5日間』の場面はほとんど牢屋の中だ。牢屋の中で、彼女は詩を暗誦した。それがなんと、あの詩だった。あの詩だと思ったらまたもやビリビリした。私の皮膚の表面が。マティアス・クラウディウスの詩である。

月は出でぬ
み空には金の星
　明（あか）くさやかにかがやきぬ
Der Wald steht schwarz und schweiget.
森はたたずむ　黒く黙（もだ）して

　　　野にたちのぼる
　　　　　白き狭霧よ　神秘のきはみ

身体を使えば説経節がやれる。説経節をやるには身体を使う。
説経節とはどういう仕組みか、さんざん考えてきた。語る、歌う、
語る、歌う。そのくり返しだ。
説経節を語る芸能者たちの芸を見たことがある。みんな高齢
だった。今にも死に果てんばかりだった。
感情を増幅させる。声をはりあげる。泣き出さんばかりに揺らす。
見えない目をかっと見開く。三味線や琵琶を抱きしめて掻き鳴ら
す。そしたらそれをぜんぶ自分でやればいいじゃないかと考えた。
ピアニストが、現代曲には譜面を持ち込むように、現代詩を読
む私たちは、手にテキストを持つ。私が読むのは、かれらの演
じた語り物ではない。自分の詩である。だから基本は
improvisationとして、声を出していくことになる。

それで当日の本番になった。私は今までずいぶん朗読の舞台
に立ってきたが、これは初めての経験、道行きの場面で歌おう
と思った。ほんの数行の道行きだった。
「どこへゆくとも陽が照りつける、雨がやんだから陽の照りつける、
その中を歩いてゆく、照りつける陽にみるみる身体の焼けこげる、
その中を歩いてゆく」
私は股を開き、大きく開き、さらに開いた。日常生活では広げな
いくらいまで広げて、足を踏み鳴らした。普段しない動作を、音
ないし声とともにやれば、それは〈踊る〉になる。
〈歌う〉はこうだ。
「どこへゆくとも」

最初の音を、口を開いてその場で出した。その音を出すべく、今まで考えてきたような気がするが、その音がそこに初めからあったような気もする。

「陽が照りつける、雨がやんだから陽の照りつける」

improvisationとして出した音を、私はそのまま、上げも下げもせず、旋律もつけず、感情も物語もつけずに、追いつめていったのである。

「雨がやんだから陽の照りつける、その中を歩いてゆく」

音を追いつめていくのは怖ろしかった。

「その中を歩いてゆく」

アウトバーンで追い越し車線に入ったとたんに、私のレンタル中のマツダを、よそのベンツがものすごい形相で追いかけてきたような、そんな感じだった。

どこに行くのかわからず、逃げ切れるかどうかもわからなかった。逃げ切れない場合はどうなるのかも、わからなかった。

私はまた足を踏み鳴らした。股を広げて足を踏み鳴らした。

私は四股を踏むように動いたのだった。何かを招来するために、私は四股を踏んだのだった。招来させたいと思ったのは、そこにいた、私と同じぐらい背の低い、私と同じ年頃の女の、ドイツ語の声の存在だった。

招来させてみれば、ゾフィー・ショルだった。

「森はたたずむ、黒く、黙して」だった。

招来させてみたれば、私はそれに立ち向かい、それを退治ることに忙しすぎて、共演者である彼女の存在を尊重すること、調和することなどすっかり忘れてしまったのである。

私たちはstanding ovationを受けた。朗読の舞台でこんなこと、

私には初めての経験だった。ゾフィー・ショルが、前に出ろと目
でうながした。彼女はこういうことに慣れていたのである。

私は前に出て、彼女と手をつなぎ、お辞儀しながら、やっと我に
返った。

これじゃまるで1982年の私である。気がついたら昔の私、他人
のことなんか知ったこっちゃないとうそぶく私がいたのである。

2022年の私は67歳である。共演者と調和し、いっしょに何か
を作り上げる楽しみは知り抜いているのに、今このようにぶち壊
し、人を置き去りにしてつっ走った。その結果、もうこの俳優は
二度と私の声を演じてはくれないだろう。このすばらしい経験は
もう二度とくり返せないだろう。

記憶がくるくると蘇る。生きてきた。生きてきた。35歳のときに書
いた私の作品は、くるしみ悶える、生き延びようともがく、厨子王
の姉の安寿じゃない、私自身のあんじゅひめ子の話だった。私
自身のあんじゅひめ子の話だった。

くるくるとまわりながら、
落ちていく小さいものがあった。
私の目の前をくるくるまわりながら落ちていった。
あんまりかわいいので、追いかけていって手に取った。
また別のひとつがくるくるまわりながら、落ちていった。
めっちゃかわいいものが上から、とベルリンの友人にいうと、「ボ
ダイジュの種ですよ」と教えてくれた。「手に負えないんですよ、
どこからでも入ってきて」
次の日にはもっと多くなった。2〜3日すると、通りの上が、くるくる
まわりながら落ちてきたものたちで埋め尽くされた。少しだけ開け
てあった窓から入り込んできて、換毛期の犬の毛のように、部

屋の隅にたまった。

「8月なのにもう秋みたいだ」とスイスでいっしょに山登りをした、そして手をつないで山から下りてきた作家がいった。ベルリンの離れた地域から自転車で会いに来てくれたのだった。
「ここまで来る途中のトチノキの並木道はすっかり茶色くなっていた。まだ8月の半ばだというのに、もうすっかり秋ではないか。ボダイジュはもう実をくるくる落としているではないか」
私は彼女とトチノキの並木道を手をつないで歩き、ハグして、別れて、荷物を取りに研究室に行った。
持ち帰る本が数冊。借りた本が数冊。
図書館に返しに行った。
コヨーテの木像はひっそり。ハシバミの藪もひっそり。
鍵を返そうにもスタッフも研究員もだれもおらず、メールで連絡した。その頃にはすっかり親しくなって、廊下で会えば、Hi, 何々、Hi, Hiromiと呼びかけ合い、立ち話もした。メールの形式は変わらなかったが、今ではもうDearはひらがなの「さま」でしかなく、Bestは「よろしくです」程度にくだけて感じられるのだった。
返信が来た。
「Dear Hiromi, 鍵はキッチンの引き出しにいれておいて、Best, 何々」
それでそうした。

ぱたんとドアを閉めて、ぱたんと建物のドアを閉めて、外に出た。道には落ち葉がごうごうと舞い落ちていた。ブナから落ち、ボダイジュから落ち、トチノキから落ちていた。風が吹いて何もかも舞い上がった。

私は大学の最寄り駅から地下鉄に乗って動物園駅に行き、壊れた教会の敷地にあるPCR検査場で日本用のPCR検査を受けた。どこの検査場よりそこの検査場が、複雑極まりない日本様式の書類に的確に対処してくれると日本人たちの間で噂になっていた。

動物園駅から検査場に行くときも、検査場から動物園駅に戻るときも、青と黄色の小さい旗を持った人に率いられた一団が通っていくのを見た。観光客ではなかった。普段着を着て大きなリュックを背負っている人が多かった。なんとなく、みんなが薄汚れ、疲れ果てているように見えた。疲れ果てていながら、きょろきょろとあたりを見廻す目には怒りのような感情が含まれているように見えた。

家に帰って荷造りをしていたら、陰性の通知が来た。

次の日、もうすぐ出るというときに、ベルリンの友人が、3か月間そうしてくれたように、昨日もそうしたように、次の日も同じことをくり返すのだと宣言しているように、Maultaschen（ねり粉で肉野菜を包み込んだ料理）を作ってくれた。私だけ食べた。彼女は食べなかった。彼女は私の食べるのを見つめていた。食べて私は立ち上がり、彼女を抱きしめ、また抱きしめた。それから私はベルリンを出て、日本に帰った。

1年後

2023年の11月、私はベルリンに舞い戻った。黄色や茶色で染まった森に向かって飛行機は下りていって着陸した。タクシーに乗ってベルリンの友人の家に向かう間も周囲は黄色や茶色だった。高速を降りて森の中を友人の家に向かう間も黄色や茶色だった。ときに赤だった。車の音を聞きつけて、友人が家の中から出てきた。両手をあげて近づいてきて、そのまま、私を潰さんばかりのハグをした。

セイヨウボダイジュは真っ黄色だった。その黄色は、イチョウの黄色とまったく同じ黄色だった。ブナはまだ緑で、部分的に色が変わりはじめていた。スズカケノキは茶色だった。カエデは黄色や茶色だった。ときに赤だった。ハリエンジュは落葉するばかりで色は変わらなかった。いたるところにからみついていたクレマチスが黒い種の周囲にヒトデのような触手を出して、いたるところにからみついていた。夏の初めには花が咲いていたスノーベリーには白い実が生っていた。

私はふたたび「わたしはあんじゅひめ子である」を朗読した。詩人の仕事のひとつはあちこちを旅して朗読をしてまわることなのである。

今度は在ベルリンの日本人ブトーダンサーとコラボレーションしたのだった。そこに筝が音を加えた。奏者は在カリフォルニアの私の娘である。ドイツ語訳はベルリンの友人である。言葉を抽出してスクリーンに映し出す、それは在ベルリンの日本人アーティストたちがやった。

いろんな縁があった。

去年の夏、私がベルリンから出てまもなく、ベルリンの友人はヴェニスに行った。そこで彼女はダンサーと出会った。友人は

ダンサーに私の名前を出した。ダンサーは私と旧知だった。
10年以上前になる。私がカリフォルニアに住んでいたとき、彼
女と知り合った。私たちをつなげたのが、音楽をやる私の娘
だった。それからヴェニスの人やベルリンの人、ブトー、説経
節、現代詩。縁が糸のかたちではっきり見えるようにいろんな人
やものごとがからみあい、ワークショップが企画された。

「わたしはあんじゅひめ子である」という詩は、説経節の「山椒
大夫」、それも恐山のイタコが語っていたバージョンを元にして
書いた。
30年ほど前、私はひどい鬱だった。心だから見えないだけで、
実際は、じくじく爛れて、ずたずたに切り裂かれて、血がどくどく
出ているような苦しみ痛みだと自分でも思っていた。私は、説経
節の声を借りて、苦痛を一切合切ぶちまけたんだと思う。書い
てる間は、自動筆記みたいだった。少し経って正気に戻ったと
き、あまりに混沌としていると感じて、捨てようとした。それがどう
いうわけか翻訳者たちに選び取られて、ドイツ語、英語、ノル
ウェイ語に訳されてある。今読むと、混沌とした言葉の中に、人
間の無意識が、干潮時の砂浜の生物みたいにうごめいている
のが見える。

その頃も、私はドイツに来て朗読をしてまわっていたのである。
私は「わたしはあんじゅひめ子である」を読んだ。靴も靴下も脱
いで裸足になって、ぺたりと舞台の上に座って、お辞儀して、
憑かれたように読んだ。
鬱だった。移動している間は元気に振る舞ったが、日本に帰る
やまた落ち込んで、混乱して、苦しみに悶えた。それで誰彼か

まわず電話をかけた。ベルリンの友人にもかけた。そのとき友人
は不在で、その夫が出たのである。少し話しただけで、混乱し
ているのがわかったはずだ。同じことを何度もくり返していたし、
薬で呂律もまわらなかった。実際そうやって電話して、迷惑がら
れて縁を切られた人が何人もいる。しかしそのとき友人の夫はた
だ話を聞いてくれた。かなりの間、混乱した私の話をただ聞い
てくれた。何を話したかも覚えていない。でもそのとき命を救わ
れたと思ったことは覚えている。あの頃もその後もベルリンの友人
とその夫は仲のいい夫婦で、いつもいっしょに行動していた。そ
してその後も二人とも変わらず私の友人でいつづけてくれた。

あの頃は自分でも、なんだってこんなふうに日本っぽくぺたりと
座って日本の語り物的な声を見よう見まねで出すのだろうと思っ
ていた。でも、しないではいられなかったし、やれば受けた。こ
の方がJapanesyだからねなどと自嘲しながら、次の場所に移動
してまたぺたりと座って、現代詩の朗読というよりは芸のない語り
物か物憑きのひとり語りみたいな朗読をしていたのである。
去年のゾフィー・ショルとの共演以来、私は座るのをやめて立ち
上がり、歌うわ、踊るわ、よりおぞましいことになっている。お経
かご詠歌みたいだがそれだけでもないというような声を張り上げ、
四股みたいなステップを踏む。聞いてる人は誰もホンモノの語
り物、説経節や浪花節、読経なんかも聞いたことがないからい
いが、日本でやったら、こんなもの、フェイクかはったりとしか思
われまい。
ところがそれは私だけではない。「私だってそうだよ」とダンサー
がいう。彼女のダンスはブトーである。身体も動き方もいかにも
舞踏だが、日本の舞踏とはどうも何かが違うのである。「日本で

やるときはガイジン扱いされる」とダンサーがいう。

娘の箏は即興のノイズ系で、砂をかけたり、プラスチックの筬子でこすったり叩いたりする。六段の調や春の海なんかはけっして弾かない。「日本でやったら、お箏の人たちに叱られる」と娘もいう。彼女の使っている箏は、父方の祖母の遺したものだ。草葉の陰で、おばあちゃん泣いてるだろうと私も思う。

そんならいっそ、移民芸とでも名づけるかと私がいい、三人で笑った。

移民芸。日本にいない日本人、国外に出た、ないしは逃れ出てきた日本人だけが、表現しようと思いつき、実際にやりおおせ、日本っぽさをおもしろがられる芸といおうか。

私は、アメリカに住み始めてからぐんぐん日本の文化に入りこんでいった。日本の古典も仏典も読みに読んだ。目の前の現実に対する反発かと思っていたが。その結果、こうして海外で、はったりを効かせてJapanesyな朗読ができる。でも私たちだけじゃないと思う。昔からいたと思う。日本の外に逃れ出た人たち。日本っぽさを売りにする芸人たち。伝統芸の正統な芸人たちが海外公演をするのとはぜんぜん違う存在が。

たとえば明治になってすぐの頃、芸者の芸しか持ってないのに海外に出て行って、日舞を踊り、切腹の演技をし、苦悶する表情を作り、歌舞伎や何かにあれだけあった女の死を、芸として見せつけた女たち。そのひとりが花子である。

花子である。

なんだ。恥じたり開き直ったりしながらやってきたことの源は、思わぬ近くにあった。花子は私（私たち）であったのだ。花子のこ

185

とを書いた鴎外は、何もかも知っていたのだ。切腹芸のことも、移民芸であることも。海外に出た日本人の思いも。私（私たち）のことも。

「花子」という小説を読んで、「山は遠うございます。海はぢき傍にございます」という言葉がむやみに慕わしく感じられたのは、それをいったのが、誰あろう、私（私たち）だったからだ。

ダンサーは、それまでの衣装を脱ぎ捨てて、裸体に近い格好で、白髪のかつらを被り、白い顔に真っ赤な口で、舞台の外に出ていった。場所は大学のホールだったから、そこは中庭で、向こう側は図書館で、図書館の人たちが窓越しに見ていた。

ダンサーは中庭じゅうを走りまわっていた。私が詩を読み終わった後も、ダンサーは走りまわりつづけた。

客は総立ちになってダンサーを見ていた。そしてダンサーは走るのを止めた。こちらを向いて、まっすぐ立ち尽くし、視線が、観客たちを通り越して一瞬私を探し、私を捉えるのが、私には解った。詩を読み終わった私は、ただその場に立って、ダンサーを凝視めつづけていたのである。私たちふたりの視線は、ぴったりと合った。この花子も、あの花子も、生き抜いてきたのだった。

私がベルリンにいた20日ほどの間に、季節は移り変わった。ボダイジュの木々はすっかり裸になった。雨が続いたので、道の上のボダイジュの枯葉は濡れて溶けた。その上にスズカケノキの大きな茶色い葉が次から次へと落ちた。クレマチスの不思議な種も触手も、すっかり濡れて垣根や木々や藪や塀に貼りついた。スノーベリーの白い実は、白さが極まってひかって見えるほ

どだった。

「子どもの頃、あれを踏んでポンと音がするのがおもしろくて、やったものですよ」とベルリンの友人がいった。それで私も道々、白い実を取って道の上に置いて踏みつけた。ポンと鳴った。またポンと鳴った。

ベルリンを発つ前々日に、私は、スイスでいっしょに山登りをした、そして手をつないで山から下りてきた作家の家に行った。彼女は旧西ベルリンの中心地区に住んでいた。通りの突き当たりには有名な壊れたままの教会が見えた。血ブナのある文学館もすぐ近くのはずだった。アパートは5階建てで、エレベータはなく、彼女は5階に、ヨーロッパは2階を1階と数えるから、実質6階に住んでおり、私はふうふういいながら階段を上り切った。ドアを開けて待ってくれた作家に、1年間など無かったように、この上り下りを毎日やっているのかと聞くと、ふん、と彼女は自分を馬鹿にするように、自分を憐れむように、鼻を鳴らして、「それができないから、3日にいっぺん、4日にいっぺんしか外に出ない」といった。

ベルリンを発つ前日には、私は森の人と待ち合わせて森へ行った。去年の夏のあの森とはぜんぜん違った。冬の間によく雨が降り、この秋も、つねに曇ってつねに雨が降っている。それで水は土にしみ込み、土の表面には小さい草の幼い葉がびっしりと生え出している。

木の周囲に、キノコがぽとぽと生えている。傘をひらいたのは、雨で変色してしぼんで溶けている。新しく生えてぴかぴかしてるのもある。人の腕くらい大きなのもある。真っ赤な傘の、いかにも

毒らしいのもある。木の幹にも、巣立ち前のツバメの雛みたいに
ぎっしりと体を寄せ合って生え出ている。

遠くに人がいた。下を向いて歩きまわり、ときどきゆっくりとかがん
で、また身を起こした。キノコを取っているのだった。

森の奥に入るにしたがっていちめんがブナ林になった。明るい
茶色に染まった。同じ色がどこまでも続いた。光の加減で、それ
は赤にも黄金色にも見えた。私たちの歩く小道の右側はマツ林
で、そっちは空気まで青かった。少し行くとハリエンジュだらけに
なった。倒木が倒木の上に積み重なり、何もかもが苔で覆われ
ていた。大きな木の幹に瘤がいくつも出来ていた。瘤の皺のす
みずみに苔が入り込んで、瘤がまるで人の顔のように、どうかす
るとその顔に表情があらわれて、ひくひくと動くように見えた。

主な参考資料

森鷗外「食堂」「沈黙の塔」「半日」「花子」「椋鳥通信」「伊沢蘭軒」「妄想」「仮面」「かのやうに」「仮面」「山椒大夫」「阿部一族」「能久親王年譜」「渋江抽斎」

ハンス・ランド　森鷗外訳「冬の王」

リルケ　森鷗外訳「白」「家常茶飯」「家常茶飯附録　現代思想（対話）」

フローベール　森鷗外訳「聖ジュリアン」

アルテンベルク　森鷗外訳「釣」

以上、『鷗外全集　全38巻』岩波書店　1971年〜1975年より

永井愛『鷗外の怪談』而立書房　2021年［2014年初演、2021年再演］

片岡弥吉『日本キリシタン殉教史』時事通信社　1979年

伊藤比呂美　イルメラ・日地谷＝キルシュネライト訳『Dornauszieher: Der fabelhafte Jizo von Sugamo』Matthes & Seitz Verlag　2021年

瀬戸内寂聴「極楽とんぼの記──私小説と私」『書くこと──出家する前のわたし　初期自選エッセイ新装版』河出文庫　2022年

伊藤比呂美『切腹考』文藝春秋　2017年

ダンテ　平川祐弘訳『神曲　地獄篇』河出文庫　2008年

ダンテ「神曲」原文からのDeepL訳

宮尾大輔「Hanako, Rodin, and the Close-up」『Journal of Japonisme』Brill 2023年4月

金子幸代『森鷗外の西洋百科事典『椋鳥通信』研究』鷗出版　2019年

ロフティング　井伏鱒二訳『ドリトル先生のキャラバン』岩波少年文庫　1953年

井伏鱒二「さざなみ軍記」「ジョン万次郎漂流記」「朽助のいる谷間」『日本文学全集41』集英社　1967年

三島憲一「鷗外と貴族的急進主義者としてのニーチェ」『ドイツ文学』日本独文学会　1968年10月

岡井隆『森鷗外の『沙羅の木』を読む日』幻戯書房　2016年

与謝野晶子『夏より秋へ』金尾文淵堂　1914年

ペーター・ヴォールレーベン　長谷川圭訳『樹木たちの知られざる生活』
　　早川書房　2017年

マティアス・クラウディウス「夕べの歌」1779年

太宰治「十二月八日」「惜別」「女の決闘」『太宰治全集　全10巻』ちくま
　　文庫　1988年〜1989年

西村皎三「小鳥」ほか『野戦詩集』山本和夫編　山雅房　1941年

牧野敬一「悲しき詩人」ほか『辻詩集』日本文学報国会編　八紘社杉山
　　書店　1943年

『詩集大東亜』日本文学報国会編　河出書房　1944年

萩原朔太郎「南京陥落の日に」「敵」『萩原朔太郎全集3』筑摩書房
　　1977年

鈴木六林男『荒天』ぬ書房　1975年

大岡昇平「野火」『日本文学全集80』集英社　1967年

森鷗外『阿部一族他二篇』岩波文庫　1994年

瀧井敬子「鷗外と音楽」ほか『森鷗外事典』平川祐弘編　新曜社　2020
　　年

シェーンベルク「浄められた夜」1899年

ドビュッシー「映像」1907年

Buffalo Springfield「For What It's Worth」1966年

伊藤比呂美『わたしはあんじゅひめ子である』思潮社　1993年

『最後の5日間』監督パーシー・アドロン　主演レーナ・シュトルツェ　1982
　　年

伊藤比呂美『青梅』思潮社　1982年　[表紙写真は鈴木志郎康による]

2023年4月15日、ドイツで、原発の最後の3基が停止された。

伊藤比呂美 (いとう・ひろみ)
1955年東京都生まれ。詩人、小説家。
1978年、詩集『草木の空』でデビュー、同年に現代詩手帖賞を受賞。
『青梅』などで80年代の女性詩ブームをリードし、1997年に渡米。2018年より拠点を熊本に移す。
2018年から2021年、早稲田大学教授を務める。
2022年6月から9月、ベルリン自由大学の研究プログラムに参加。
1999年『ラニーニャ』で野間文芸新人賞、2006年『河原荒草』で高見順賞、2007年『とげ抜き 新巣鴨地蔵縁起』で萩原朔太郎賞、2008年紫式部文学賞、2015年早稲田大学坪内逍遥大賞、2019年種田山頭火賞、2020年チカダ賞、2021年『道行きや』で熊日文学賞を受賞。
2017年『切腹考』で森鷗外作品に入り込み生死を見つめ論じた。ほか『良いおっぱい悪いおっぱい〔完全版〕』『女の絶望』『女の一生』『なにたべた? 伊藤比呂美+枝元なほみ往復書簡』『読み解き「般若心経」』『犬心』『ショローの女』『いつか死ぬ、それまで生きる わたしのお経』など著書多数。

装幀
本文デザイン ——————— 水戸部功

DTP ——————— 精 興 社

校正 ——————— 鷗 来 堂

初出
『Web新小説』2022年6月号〜11月号「Looking for 鷗外」に加筆、改稿

Funded by the Deutsche Forschungsgemeinschaft (DFG, German Research Foundation) under Germany's Excellence Strategy in the context of the Cluster of Excellence Temporal Communities: Doing Literature in a Global Perspective – EXC 2020 – Project ID 390608380.

森林通信

鷗外とベルリンに行く

2023年12月22日　初版第1刷発行

著　者　　伊藤比呂美

発行者　　伊藤良則

発行所　　株式会社 春陽堂書店

　　　　　〒104 – 0061
　　　　　東京都中央区銀座3丁目10-9 KEC銀座ビル
　　　　　TEL: 03-6264-0855（代表）

　　　　　https://www.shunyodo.co.jp/

印刷　株式会社精興社

製本　加藤製本株式会社